김순신 수필집

길에서 길을 찾다

국립중앙도서관 출판시도서목록(CIP)

길에서 길을 찾다 : 김순신 수필집 / 지은이: 김순신. -- 서울 : 지구문학,
2014
　p. ;　cm

ISBN 978-89-89240-59-4 03810 : ₩12000

한국현대수필[韓國現代隨筆]

814.7-KDC5
895.745-DDC21   CIP2014036964

김순신 수필집

길에서 길을 찾다

지구문학

수필집《길에서 길을 찾다》를 내면서……

첫 수필집《바람 사람 사랑》을 출판하고 한동안은 수필 쓰기가 두려웠습니다. 세상에 내어놓은 작품들이 어떤 대접을 받고 있을까 하는 조바심에서였지요. 하지만 다시 자판을 두드리면서 나를 일으킬 수 있었던 까닭은, 수필을 쓰는 자체가 나의 존재요, 길이며 위로였기 때문입니다. 듣기 좋으라고 한 말이겠지만 다행스럽게도 여기저기서 보내주신 격려가 두 번째 수필집을 내는 데 큰 힘이 되었습니다.

이번에도 관련 있는 문학 동인지와 그 외의 책자에 실렸던 글들을 모아 작품집으로 묶어 세상에 내어놓습니다. 각양각색의 조각들을 이어 붙여서 조각보를 만들듯이 나의 수필집도 그러합니다. 아내이자 며느리, 어머니와 딸, 교육자와 동네 아줌마로 살아온 삶의 조각들을 하나하나 모아 붙여서 수필집《길에서 길을 찾다》라는 조각보를 만들었습니다. 그 안에는 둥근 조각, 모난 조각, 별난 조각들도 있습니다. 색깔도 다양합니다. 하지만 화려하지도, 누추하지도 않습니다.

내 삶이 화려함과는 거리가 멀고, 그렇다고 누추하지도 않기 때문입니다. 그렇지만 인생은 아름다운 것이기에 두 번째 수필집도 독자들에게 아름다운 조각보이길 기대합니다.

두 번째 수필집의 분만통을 함께 해 준 든든한 남편과 이 책이 나오기까지 도움을 주신 여러분께 고마움을 전합니다.

2014. 12.

제주 애월읍 구엄리에서

차례

1부
길에서 길을 찾다

조수아 作 _ 향기로운 길 · 60.0×91.0cm, Oil on Canvas

조수아 作 _ 생각하는 길 · 90.0×72.7cm, Oil on Canvas

Contents

2^부

내
가
있
잖
아

차례

$3^{부}$
1퍼센트 더하기

조수아 作 _ 비자림 가는 길 · 45.5×53.0cm, Oil on Canvas

Contents

조수아 作 _ 고향길 I · 72,7×60,6cm, Oil on Canvas

4부
크리스티나

1부

길에서 길을 찾다

....

조수아 作 _ 향기로운 길 · 60.0×91.0cm, Oil on Canvas

길에서 길을 찾다

제주도에 올레길이 만들어진 지 벌써 4년째다. 2007년 제1코스로 시작된 올레길이 2011년 현재 18코스까지 만들어졌다. 이 덕분에 가족끼리, 친구끼리, 아니면 홀로 올레길을 찾는 사람들이 많아지면서 올레꾼이라는 신조어가 등장하였다. 그들은 모두가 길을 걸으며 길을 찾는 사람들이다.

연휴를 맞아 성산포에 볼일도 볼 겸 1코스 올레길을 걸었다. 1코스는 처음 생긴 올레길이라 많은 사람이 다녀간 것에 비하면 뒤늦게 찾은 셈이다. 시흥초등학교 옆 주차장을 출발하여 말미오름, 알오름의 정상에 서니 등줄기에 땀이 밴다. 햇빛이 구름을 가려 올레길을 걷기에는 안성맞춤인 날이다. 한 줄기 바람과 눈앞의 풍경을 보자 '야~ 좋다!' 라는 말이 저절로 나온다. 일출봉 허리 밑이 구름에 가려져 마치 바다 위에 뜬 유람선을 연상케 했다. 마을의 집들과 돌담으로 둘러싸인 크고 작은 밭들이 정겹고 아름답다.

마음 같아서는 자주 올레길을 만나고 싶지만 그리 쉽지가 않았다. 올

레길을 걸으려면 적어도 반나절을 잡아야 여유롭다. 출발지에서 종착
지까지 걷지 않으면 아니 감만 못하여 시간이 넉넉지 않을 때는 나서기
가 망설여진다. 대신 가까운 오름을 오르는 것으로 올레길 걷기 명상을
대신한다. 언젠가는 제주도의 올레길을 다 걸어보고 기회가 되면 지리
산 둘레길도 가볼 생각이다.

오름이나 올레길을 걷는다는 것은 나에게는 길을 찾는 시간이요 충
전의 시간이다. 정시 출퇴근을 반복하는 일상에서 벗어난 것만으로 살
맛나는데, 걸으면서 더불어 자연을 만날 수 있으니 얼마나 좋은가.

일상에서 풀리지 않는 일들을 며칠씩 안고 있다가 걸으면서 풀어놓
고 헤쳐 보면 때로는 명쾌하게 답이 보이기도 하고 때로는 안개처럼 자
욱한 속에서 얼핏얼핏 빛이 보이기도 한다. 그 명쾌함이나 빛은 완전한
정답이 되지 않을 수도 있지만 나는 그것을 존중한다.

적어도 속단하지 않았다는 이유에서이다. 결국, 길을 걸으면서 길을
찾고 희망을 찾는 셈이다. 걸으면서 만나는 들풀이나 꽃, 나무들의 작
은 흔들거림은 나의 지친 영혼에 단비를 내려주고 양분을 준다.

아는 사람에게 인사를 하듯 가끔 이름을 아는 꽃이나 풀들에게는 더
욱 반갑게 인사를 하게 된다. 아는 것과 모르는 것의 차이는 모든 피조
물을 대하는 자세까지 바꾸게 한다. 아는 만큼 보인다고 했듯이 올레길
에서 만나는 것들도 그렇다. 가끔 시선을 끄는 들꽃을 만나면 한 번 더
굽어보고 다음에는 이름을 불러주어야겠다는 생각을 하나 돌아오면 잊
어버리기 일쑤다. 망각이라기보다 우선순위의 문제인 것 같다.

대학생인 듯 보이는 아가씨가 혼자 걷는다. 2박 3일 일정으로 올레길
을 걸으러 대구에서 왔단다. 잠시 멈춘 자리에서 그녀는 즉석카메라로

김순신 수필집

우리의 모습을 담아서 선뜻 내민다. 그동안 혼자 걸으면서 그녀는 무슨 생각들을 할까. 아마도 사랑, 진로, 이별, 학업, 욕망, 인간관계 등에서 해결되지 못한 무거운 숙제들을 안고 왔을 수도 있다. 아니면 제주도의 자연과 교감하면서 자신을 충전시키러 왔을 수도 있겠지. 올레길을 걸으면서 하나하나 풀어놓아 그녀가 돌아갈 때에는 부디 스스로 답을 찾고 자연의 기운으로 충만한 채 돌아가길 바란다.

제주에 올레길을 처음 만든 여자 서명숙과 고(故) 이태석 신부를 생각한다. 한 사람은 스페인의 산티아고를 순례한 후 제주에 올레길을 처음 만들자고 제안했고, 많은 어려움을 뛰어넘어 결국 한국에 올레길 시대를 이루어낸 여자다. 다른 한 사람은 신부(神父)로서 아프리카의 수단 오지마을 톤즈에서 사랑을 실천하다 젊은 나이에 생을 마친 남자다. 두 사람 모두 개척자라고 불리기에 충분하다.

개척자에게 꼭 필요한 것은 용기와 인내이다. 나는 뭔가 새롭게 시작하는 것을 두려워한다. 두려움 때문에 새로운 것을 시작하지 못하고 생각으로 머물다 사라지는 일들이 무수히 많다. 설령 시작했더라도 중도에 좌절하거나 포기해버림으로써 결실을 얻지 못하는 경우도 있다.

그 두려움의 근원은 용기가 없음에서 오고, 좌절과 포기는 인내의 약함에서 온다. 그 두려움의 근원은 나이라고 생각될 때도 있다. 나이는 숫자에 불과하고 용기와 인내는 나이에 비례하지 않는다. 새로운 길을 내는 것도 개척자 정신이 없으면 안 되고, 새로운 삶을 사는 것도 개척자 정신이 없으면 안 된다. 새로운 분야에 길을 낸다는 것은 그만큼 용기와 인내가 필요한 일이다.

서명숙은 올레길을 만들기까지의 과정이 만만치 않았음을 회상하며

'힘들고 외로웠고, 분노했고, 절망했다' 고 말했다. 길을 걷는다는 것과 길을 낸다는 것이 얼마나 다른지 몰랐다고도 했다. 그녀의 용기가 아니었으면 한갓 의미 없는 길에 불과했을 길들이 '올레' 라는 이름으로 불리면서 생기를 되찾았다. 그녀는 수평적 삶을 꿈꾸며 비록 돌다 돌다 제자리에 올지라도 자신을 온전히 이 세상에 맡겨 그저 피조물로서 자연과 동행하는 길을 선택했다.

이태석 신부는 똑같이 하느님의 피조물인 아프리카 수단의 톤즈 지방 사람들과 동행하는 길을 선택했다. 아프리카의 남수단, 가난하고 전쟁으로 피폐해진 마을, 나환자들이 아무런 대책 없이 살아가는 마을이 톤즈 지방이다. 그곳에서 성직자로서, 의사로서, 교사로서 사랑을 실천하였다. 한낮 온도는 50도, 물 온도는 35도 되는 곳에서 모기와 싸우면서 8년을 지냈다. 결국 의지와는 상관없이 마흔아홉의 젊은 나이에 생을 마쳤지만, 톤즈 사람들의 희망과 빛으로 톤즈의 영원한 성인으로 남을 것이다.

이 두 사람이 걸어간 길의 공통점은 두 분 다 보잘것없는 겸손한 피조물로 자신을 보고 있다는 것이다. 제주의 올레길을 내는 사람도 힘들었고, 수단에서 새로운 길을 가는 신부도 힘들고 버거웠다. 그러나 두 사람이 만들어 낸 길은 우리가 걸어가야 할 길이다. 하나는 피조물인 우리가 자연과 함께 어우러져야 할 길이요, 다른 하나는 희생과 봉사라는 삶의 방향을 제시해 주는 빛을 따라 걸어가야 할 길이다.

그 두 길을 조화롭게 걸어갈 때 우리의 삶은 또 다른 빛으로 누군가에게 희망을 줄 수 있을 것이다. 올레길이 걷는 이에게 희망을 속삭이고 있는 것처럼.

(2011. 상반기. 『제주문학』 54집)

바보 스승

5월은 어디를 가도 초록세상이다. 신록의 나무들과 아름다운 꽃들이 5월을 찬미하고 있다. 학교 운동장에서 뛰어노는 아이들의 모습도 신록처럼 싱그럽고 꽃처럼 아름답다. 사람은 꽃보다 아름답다는 말은 이런 때 쓰는 말 같다. 이해인 수녀님의 시구처럼 '이름을 부르면 한 그루 나무로 걸어오고, 사랑해 주면 한 송이 꽃으로 피어나는' 아이들의 해맑은 모습을 볼 때마다 교직의 길을 선택하길 참 잘했다는 생각을 한다.

5월은 어린이날, 어버이날, 스승의 날, 부부의 날 등이 있어서 가정의 달이라고 불린다. 아이들은 어린이날을 기다리고 어버이들은 어버이날을 기다린다. 그러나 교사들은 스승의 날을 기다리지 않는다. 어린이가 있는 집은 어린이날 하루만큼은 아이들을 즐겁게 하려고 노력한다. 어버이날은 부모님의 은혜를 생각하며 부모님께 정성을 다한다.

스승의 날은 어떤가? 스승의 은혜를 기리기 위해 만들어진 날인데도 불구하고 스승의 날이 다가오면 매스컴에서는 스승의 은혜나 고마움에 대한 언급보다는 마치 교사집단이 부정부패에 물든 것처럼 떠든다.

최근 몇 년 동안은 스승의 날은 스승의 은혜를 기리자는 말보다는 교육의 부패, 교사의 부정을 들추어내며 교사들을 수치스럽게 했다. 더 나아가서는 체벌금지로 교사의 교수권을 제대로 발휘할 수 없도록 했다. 심지어 촌지근절을 외치며 교사와 학부모, 제자 간의 정(情)마저 오고 갈 수 없는 분위기를 만들었다. 그래서 교사들은 스승의 날을 기다리지 않는 것이다. 오히려 스승의 날을 휴업일로 정해서 이런저런 구설수를 피하려 한다. 오죽하면 교사들이 스승의 날이 없었으면 좋겠다는 말을 할까. 올해는 스승의 날이 일요일이어서 다행이라는 말을 하기도 했다.

스승의 날임에도 불구하고 교사의 책상 위에 감사의 꽃 한 송이나 편지 한 장이 없다면 그 책임은 교사에게도 있다. 교사와 학생 사이에 정이 없는 교육을 했다는 증거이기 때문이다. 교사와 학부모, 교사와 제자 간의 정이 없는 교육은 죽은 교육이나 다름없다. 교육은 지식의 전수도 중요하지만, 사람됨을 가르치고 도리를 가르치는 것이 더 중요하다.

필자의 어린 시절에는 어머니께서 얼굴도 모르는 담임선생님께 농사를 지은 고구마를 보낸 적이 있다. 선생님에 대한 고마운 마음을 그렇게 표현했다.

어린이날은 어린이를 위한 날이고, 어버이날은 부모의 은혜를 기리는 날이듯이 스승의 날은 스승의 은혜를 기리는 그런 날이 되어야 한다. 그날 하루만이라도 학생은 선생님의 고마움에 감사할 줄 알고, 선생님은 교직을 선택한 것에 대한 보람과 긍지를 느낄 수 있는 날이 되었으면 좋겠다. 이 땅의 모든 선생님은 학생들을 더 큰 사랑으로 감싸 줄 수 있는 용기와 힘을 얻는 날이 되었으면 좋겠다.

그동안 일부 교사들이 교육계를 부끄럽게 만든 일도 있지만, 대부분 교사들은 교직을 천직으로 알고 묵묵히 바른 교육을 실천하고 있다. 오늘날 교사들은 업무과중으로 인한 스트레스와 교권추락으로 인한 교원의 사기저하, 일관성 없고 비현실적인 교육정책으로 인한 혼란 속에서도 꿋꿋하게 제자리에서 전인교육을 위해 소명을 다하고 있다.

그럼에도 불구하고 교사들은 학부모나 학생들에게 존경과 사랑의 대상이 아니라 지식을 전해 주는 사람으로 대접받고 있는 현실이 안타깝다. 사랑으로 가르치는 것이 원칙이지만 다인수 학생을 한 교실에서 가르치다 보면 교사의 적극적인 행동 통제가 필요할 때가 있다. 그것을 제대로 통제하지 못하면 수업분위기가 엉망이 되고 그 수업은 실패로 돌아가기 마련이다. 이런 상황의 반복은 공교육을 무너지게 하는 결과를 초래하게 된다.

올해 한국교원단체 총연합회장 안양옥은 교육 3주체(학생, 교사, 학부모) 간의 올바른 관계 정립과 정서적 유대관계 형성을 위해서라도 부모가 갖는 학생 통제 권한을 교사도 가져야 한다고 했다. 필자도 공감이 가는 말이다. 교사의 학생통제권이 없는 교실은 인성교육이 없는 교실을 불러오고 최악에는 난장판교실이 될 가능성도 있다. 현재의 체벌전면금지에 따르면 교실수업을 방해하는 학생이 있어도 교사는 속수무책일 수밖에 없는 상황이다. 학생인권도 중요하지만 학생들의 학습권, 교사의 교수권(敎授權)도 무시되어서는 안 될 중요한 권리이다. 교실에서 교사의 교수권과 학생들의 학습권이 모두 존중될 수 있는 제도적 장치가 필요하다.

고(故) 김수환 추기경님은 안다고 나대고, 어디 가서 대접받길 바라는 게 바보라고 했다. 그러면서 스스로 바보라는 자탄의 말씀을 하셨다. 그분이 말씀한 '바보'라는 두 글자에는 모든 피조물에 대한 사랑과 겸손이 포함되어 있다. 교사라고 해서 스승으로 대접받기를 바라는 것 자체가 바보 같은 욕심인지도 모른다.

교사들도 스스로 끊임없는 자기성찰을 통하여 스스로 교사 본연의 자세로 돌아가야 할 것이다. 교육자로서의 소명의식을 가지고 사람을 키우는 전문가라는 자긍심으로 무장하여야 할 것이다. 학생과 교감하고 학부모와 소통할 수 있도록 마음을 열고 먼저 다가가는 교사가 되어야 할 것이다. 지금보다 더 낮은 자리에서 이 나라의 초록꿈나무들을 위해 묵묵히 헌신하고 자신의 소명을 다하는 바보 스승이 되어야 할 것이다. 제자들에게 열정과 사랑을 다 내어주고 그들과 헤어질 때 그들로부터 '고맙습니다. 사랑합니다'라는 말을 들을 수 없을지라도 '나는 교사다'라고 말할 수 있는 바보 스승 말이다.

헨리 반다이크의 '무명교사예찬'에서 "그를 위하여 부는 나팔 없고, 그를 태우고자 기다리는 황금 마차 없으며, 금빛 찬란한 훈장이 그 가슴을 장식하지 않아도 그가 켜는 수많은 촛불, 그 빛은 후일에 그에게 되돌아와 그를 기쁘게 하노니, 이것이야말로 그가 받는 보상이로다"라는 말을 되새기며 스스로를 격려할 일이다.

(2011. 『제주수필』· 2011. 여름. 『교육제주』)

틀에 박힌 생각들은

—《혼魂 창創 통通》을 읽고

어느 날 교장선생님 책상 위에서 만난 책이다. 제목부터가 예사롭지 않았다. 과연 '혼·창·통'이 무엇일까? 하는 궁금증이 일었다. 교장선생님이 읽고 나서 한 번 읽어볼 만한 책이라고 추천도 한 책이라 손에 들었다.

이 책은 경제학자 이지훈이 3년간 수많은 초일류기업의 CEO, 경제경영 석학들을 심층 취재하면서 그들의 이야기에 일관되게 흐르는 메시지를 발견하고 그것들을 분석하여 본 결과 3가지의 공통점을 갖고 있었단다. 그것이 곧 책의 제목이기도 한 '혼(魂)·창(創)·통(通)'이다.

먼저 이 책에서 말하는 魂 創 通이 의미하는 말을 간추리면 다음과 같다.

혼(魂)은 개인과 조직의 지속가능성을 담보하는 최고의 수단, 최고의 운영원리라고 말하고 있다. 일에 재미와 열정, 즉 혼을 가진 조직이 되어야 한다는 말이다.

창(創)은 의미 있는 일을 만들어내는 것이다. 곧 실행을 의미한다. 혼이 뿌리는 것이라면 창은 거두는 것이라고 할 수 있다. 거두는 일은 인내, 집중, 세심한 주의가 있을 때 가능한 일이다. 그와 더불어 늘 새로워지려는 노력이 있어야 함도 말하고 있다.

통(通)은 통하는 것이다. 즉 소통하는 것이라고도 할 수 있다. 진정 마음으로 통하기 위해서는 의도적인 노력이 필요하다. 요즘 화두가 되는 소통의 의미를 강조하고 있기도 하다.

교감이라는 위치에서 위의 혼, 창, 통의 키워드를 어떻게 접목할 것인가에 대한 생각과 나 자신에게 주는 메시지를 찾아보았다.

저자는 어떤 일에 열정을 갖고 몰입하는 방법으로 케네스 토머스의 저서에 나온 내용을 인용하고 있다. 일에서 재미와 열정을 느끼게 될 때는, 첫째, 자신이 가치 있는 일을 하고 있다고 느낄 때이며, 둘째, 그 일을 할 때 자신에게 선택권이 있다고 느낄 때, 셋째, 그 일을 할 만한 기술과 지식이 있다고 느낄 때, 넷째, 실제로 진보하고 있을 때라고 했다.

맞는 말이다. 가치 있는 일을 스스로 선택해서 하는 일이야말로 보람 있는 일이라고 생각한다. 그러한 일을 할 수 있는 능력을 갖추는 일이 우선되어야 그 일을 할 수 있기에 자신의 능력을 개발하는 일에 투자해야 함은 두 말할 나위도 없다.

일본의 유명한 전산업체인 나가모리 사장의 경영법은 텔레비전에서도 소개된 바가 있지만, 그의 경영 노하우는 독특하고 재미가 있다. 그는 사원 공채 시에 밥을 빨리 먹는 사람을 뽑기도 하였고, 화장실 청소를 통해서도 사원을 뽑았다. 그가 바라보는 시선은 전통적인 사원공채의 기준과는 사뭇 다르다. 고정관념의 틀에서 과감히 벗어나는 그의 용기 있는 행동이 존경스러울 따름이다.

　그는 사원들의 의식개혁에도 앞장서서 누구보다 일찍 출근하여 회사를 청소하였다. 그리고 사원들에게 일주일에 1,000통의 이메일을 보내며 계속해서 동기를 유발하였다. 행동으로 보여주는 일은 쉽지 않다. 회사를 사랑하는 열정과 회사원을 사랑하는 마음이 느껴지는 부분이었다.

　칭찬은 고래도 춤추게 하는데 교감으로서 우리 학교 선생님들의 의욕증진을 위하여 얼마나 노력하고 있는지 반성해 본다.

　'다른 꽃의 꽃가루로 꽃을 피워라.' 라는 소제목이 뜻하는 것은 소통과 접목을 의미하는 것이라고 생각한다. 他花受粉者(타화수분자)가 되라는 말은 어느 한 분야의 아이디어를 다른 분야로 접목하는 것이 혁신의 중요 덕목이 됨을 말하고 있다. 창의·인성교육을 강조하는 시점에서 깊이 되새겨야 할 내용이다. 창의적 인재란 미술, 음악, 시 등 다른 영역의 세계도 자유자재로 활용할 수 있는 사람들을 말하며 국가든 기업이든 한 분야의 전문가보다 모든 분야를 넘나들 수 있는 新르네상스 인을 키워야 한다고 주장하고 있다. 우뇌와 좌뇌가 조화롭게 발달한 T자형 인재가 혁신을 낳는다고 한다.

　미국 코넬대의 '삶은 개구리 증후군' 실험이야기는 이미 우리가 잘 알고 있다. 서서히 물 온도가 높아지는 것을 인식하지 못한 개구리가 결국 뜨거운 물속에서 죽어가는 실험에서 우리는 변화에 대한 둔감증이 얼마나 무서운 것인지 알 수 있다.

　교직은 사회변화에 가장 느리게 반응하는 조직이라고 흔히들 말한다. 우리 교사들이 가진 비합리적인 관습이 하나 있다. 바로 경로 의존성이다. 경로 의존성은 한번 일정한 경로에 의존하면 나중에 그 경로가 비효율적이라는 것을 알고도 여전히 그 경로를 벗어나지 못하는 사고의 관습을 말한다. 교육에도 우리 교육자와 학부모들 모두가 타성에서 벗어나 새롭게 거듭나려는 노력이 필요한 때다. 학교폭력이 사회의 이슈가 되고 공교육이 사교육에 잠식당하고 있는 이때 학부모, 학생, 학교가 다시 새롭게 일어나야 할 것이다.

'틀에 박힌 생각들을 쓰레기통에 처박아 버리자. 시지프스가 저주에 걸려 매일 산을 향해 바위를 굴려야 하는 것처럼 아무 의미 없는 일을 반복하는 어리석은 일은 다시는 하지 말자' 라고 나 자신에게 타이르며 '혼 · 창 · 통' 의 의미를 다시 한 번 되새겨본다.

(2012. 『제주여류수필』)

김순신 수필집

10년만 젊었다면

'내가' 만일 ~라면' 이라는 말은 매력적이다. 현실에서 이루지 못하거나 이루어질 수 없는 일들을 가상의 세계에서 마음껏 펼칠 수 있게 만들어주기 때문이다. 내가 만일 복권에 당첨된다면, 내가 만일 새라면, 내가 만일 남자로 태어났더라면, 내가 만일 지금의 남편과 결혼을 안 했더라면, 내가 만일 10년만 젊었다면……. 어찌 보면 허무맹랑한 말일 수도 있지만 누구에게나 현실의 한계를 뛰어넘고 싶은 소망이 있기에 그만큼 간절함이 담긴 말이기도 하다.

내가 만일 10년만 젊었다면? 이러한 질문을 받자 나의 두뇌는 안타깝게도 '나는 결코 10년을 젊어질 수 없다' 라는 답을 떠올리고 있었다. 시공을 10년도 넘나들지 못하다니 내가 한심스럽기 짝이 없다. 마음먹기에 따라 10년, 아니 그 이상 젊어질 수도 있다는 발상을 왜 못하는지. 나이는 들어도 마음은 이팔청춘이라는 말이 있지 않은가.

타임머신이 나를 10년 전으로 데려다 준다면? 뭔가 거창한 일을 벌릴 수 있을 것 같지는 않다. 지금까지 살아온 방식이나 범위에서 크게 벗어나지 못할 것이 뻔하다. 천직으로 여기는 교직을 그만둘 수도 없는 일이고, 선생으로 사는 내가 할 수 있는 일은 한계가 있기 때문이다. 하루 24시간을 쪼개어 분 단위의 인생을 산다고 한들 내 인생의 방향은 바꿀 수가 없다. 그래도 못다 한 일들을 해 보고 싶은 마음은 하늘을 찌른다.

그 중에서 가장 하고 싶은 것이 한 가지, 악기를 능숙하게 다루는 일이다. 원래 음악에 소질이나 재능이 없어서 그 동안 악기 다루는 일에는 관심이 없었다.

30년 전 내가 발령받을 때만 해도 음악시간에는 직접 풍금이나 피아노 반주를 해 가며 노래를 가르치곤 했다. 교대에 들어가서야 피아노를 만났기에 나의 피아노 실력은 그 당시 교재에 나와 있는 동요반주를 겨우 할 정도로 부끄러운 수준이었다. 그래도 풍금 주변에 모여든 아이들과 함께 노래를 부르는 시간은 행복했다.

그 당시에는 지역별로 합창대회를 열었는데 각 학교가 의무적으로 참여해야 했다. 여교사가 많지 않을 때라 할 수 없이 합창단을 맡아서 지도해야 했고, 그때도 반주 때문에 애를 많이 먹었던 기억이 생생하다.

요즘에는 좋은 학습자료 콘텐츠들이 다양하게 개발되어서 그 자료를 활용하면 음악시간에 손수 피아노를 안 쳐도 얼마든지 음악을 가르칠 수 있게 되어 있다. 그래서 그런지 학교에서는 점점 피아노 소리가 사라지고 있어 아쉬운 마음도 없지 않다.

교육대학 시절에 산 피아노가 주인을 잘못 만나서 제 빛을 발하지 못하고 있다. 34년이 넘은 피아노이다. 결국, 그 피아노는 다른 곳으로 임시 가 있다. 집안에 덩그러니 놓여있는 피아노를 보면서 내가 좀 더 피아노를 잘 칠 수 있었으면 얼마나 좋았을까 하고 생각한 적은 많지만 피아노 연습에 매달려 본 기억은 별로 없다.

요즘에는 다른 곳에 가 있는 피아노를 다시 집으로 들여놓고 싶은 생각이 든다. 남편이 몇 년 전 산 클라리넷을 다시 배우기 시작했다. 다듬어지지 않은 서툰 연주소리가 싫지 않고 열심히 연습하는 모습이 보기 좋다. 옆에서 피아노를 쳐주면 연습에 도움이 될 것 같기도 하고 함께 같은 곡을 연주하고 싶은 마음도 있다.

한때는 오카리나를 사서 석 달을 배우러 다닌 적이 있다. 무엇이든 꾸준해야 하는 법인데, 그 후에는 못 배우고 있으니 이도 저도 아닌 셈이다. 가족이 함께 피아노를 둘러싸고 노래 부르며 연주를 할 수 있는 날이 오기를 기대하며 악기연주에 몰입해 볼 생각이다.

'10년이면 강산도 변한다' 는 말이 있듯이 10년이란 시간은 작고 소박한 꿈 하나쯤은 이룰 수 있는 기간이다. 10년 후 내가 능숙하게 연주하는 악기소리를 상상하며 스스로 주문을 건다. '이제부터가 시작이야' 라고.

나이가 늘어갈수록 하고 싶은 일들을 포기하는 것들도 늘어나고 있다. 그만큼 열정이 사그라지는 탓이다. 나에게 지난 10년은 도약의 시기였다고 할 수 있다.

십 년 전에 수필가로 등단했고 그 이후에 교사에서 교감이라는 직책을 얻기도 했다. 경제적으로는 아들, 딸 대학 공부시키느라 진땀을 뺀 시기이기도 하다.

'10년만 젊었다면~' 을 현실로 바꾸는 길은 내가 10년 후의 모습을 상상하며 지금 시작하는 것이다. 10년을 되돌려 받고 다시 산다는 마음으로 열정을 불태우고 싶다.

글 쓰는 일이나 악기연주도 열정이 없으면 안 된다.

그 열정을 10년 전의 젊음에서 찾고 싶다. 적어도 10년 전에는 열정 하나만큼은 뜨거웠었기에. 열정이 있는 한 육신은 늙을지라도 정신은 늙지 않는다. 열정은 곧 젊음이요, 용기이며 희망이다.

10년 전의 열정을 찾으러 출발! 아자 아자 파이팅!

(2011. 겨울.『지구문학』)

아들에게

사랑하는 아들아~,

얼마 전 신문을 읽던 너의 아버지께서 "당신은 아들에게 편지를 쓴다면 무슨 말을 하고 싶어?" 하더구나. 갑작스러운 질문에 대답을 못 했다. 아버지는 마치 너에게 말하듯 정감이 있는 목소리로 신문을 읽어 내려갔어. 어쩜 부모의 마음을 쏙 집어 대변해 주는 내용이라 귀를 세우고 들었다.

신문의 글은 어느 화가가 이제 성인이 된 아들에게 선배 남자로서 전하고 싶은 말을 편지로 쓴 글이더구나. 지금까지는 너를 위한 기도 속에 내 마음을 담았지만, 오늘은 이렇게 편지를 쓴다.

나의 든든한 아들아,

내 아들로 태어나 건강하게 잘 자라주고 곁에 있어줘서 고맙다. 세월호 참사로 가족을 잃은 유가족들을 보면서, 통화할 수 있고 카톡으로 문자를 주고받을 수 있음이 얼마나 감사한 일인지 새삼 느꼈단다.

너는 어릴 때부터 참 착한 아들이었다. 세 살 때 네가 수술을 받고 병원에 있을 때였지. 병문안을 온 분께 의자를 힘들게 옮겨와서 앉으라고 하던 모습은 아직도 생생하다. 그때 병실에 있던 사람들이 너를 얼마나 기특하게 생각했는지 몰라. 출근할 때마다 헤어지기 싫어했던 모습, 그래도 출근해야 하는 엄마를 위해 마지못해 '엄마, 안녕~!' 하면서 손을 흔들곤 했었지. 자라면서는 그 마음이 주변 사람들을 배려하는 행동으로 나타나더구나.

남들보다 늦게 음악의 길을 선택해서 엄마는 걱정을 많이 했다. 그 걱정이 무색할 정도로 너는 연습실에 제일 먼저 나가고 제일 늦게 나오는 학생이라는 말을 들을 만큼 열심히 공부했지. 그 열정이 유학으로 연결되어 더 깊은 배움을 터득하게 되었으니 엄마는 네가 대견하고 믿음직스럽다. 이국만리에서 생활하는 게 여간 힘들지 않을 텐데 잘 견디며 원하는 공부를 마치게 됨을 축하한다. 그동안 몸이 아파도, 속상한 일이 있어도 행여 걱정할까 봐 속으로만 삭여야 할 일들이 많았을 거다. 귀국하면 취업의 관문도 뚫어야 하고 결혼도 해야 하니 인생은 산 넘어 산이라고 한 말이 맞는 것 같다.

아들아!

네가 하는 일에 소명의식을 가지고 맡은 자리에서 최선을 다하라. 작은 것도 소홀히 하지 말고 기본이 바로 선 사람이 되라. 기본이 되고 노력하는 자에게는 발전과 도약의 기회도 자연스럽게 주어진다. 이번 세월호 사건은 각자가 제 할 일을 제대로 하지 않았을 때 그 대가가 얼마나 큰지를 보여주고 있다. 탐욕으로 남보다 빨리, 앞서가는 삶보다는 차근차근 꾸준함으로 삶을 채워가는 것이 부끄럽지 않은 삶이다. 정상에서의 환희는 산을 한 걸음 한 걸음 올라간 자에게만 주어지기에 쉼 없이 노력하고 도전하라. 인생에서 반려자를 잘 만나는 일은 아무리 강조해도 지나침이 없다. 미인을 얻으면 3년이 행복하고, 착한 여자를 얻으면 30년이 행복하고, 지혜로운 여자를 얻으면 3대가 행복하다는 말이 있다. 반려자가 될 사람은 무엇보다도 지혜로운 여자였으면 좋겠다.

　신문의 글에는 남자에게 여자는 전 생애를 통해 씨름해야 할 숙명적인 과제이며 성형수술에 빠진 여자를 멀리하라고 했더구나. 엄마도 동의한다. 자신의 원형을 바꾼다는 것은 그만큼 자신을 사랑하지 않는다는 뜻도 되기 때문이다. 자존감은 자신을 사랑하는 데서부터 시작되므로 성형에 빠지는 사람은 한 번 생각해 볼 일이다. 요즘은 얼굴이 예쁜 여자들을 보면 성형미인(?)들이라서 그런지 얼굴 모습이 거의 비슷하다는 생각을 한다. 내면이 아름다운 사람은 주변을 감동하게 할 뿐만 아니라 외모도 아름답게 보이더구나.

　결혼하면 가정생활을 원만히 꾸려나가는 일도 쉽지 않을 것이다. 부부 사이의 사사로운 감정, 집안의 대소사, 자녀교육, 서로 다른 관점 등으로 갈등이 있을 때 지혜가 필요하다. 어느 한쪽만 희생하여 얻어지는 행복은 그 가치가 덜하다. 먼저 상대에게 위로가 되고 힘이 되도록 작은 것부터 실천하고 진솔한 대화로 풀어나가도록 하여라.

　술에 대하여 이야기하마. 술은 잘 다스리고 적절히 활용하면 인간관계나 스트레스 해소에 도움을 주기도 하지만, 자칫 잘못하면 건강을 해치고 영혼을 병들게 하는 이중인격자와 같은 것이다. 삶이 힘들 때일수록 술에 의하여 위로받을 생각을 하지 마라. 그럴수록 술은 너 자신을 더 약하게 만들고 위장시킬 뿐이다. 술자리에서도 늘 깨어 있어 술로 인해 자신이 망가지지 않도록 조심하여라.

　사랑하는 아들아,

　고난과 역경에 의연하게 대처하는 삶을 살기 바란다. 한평생을 살다 보면 크고 작은 시련이 뒤따를 것이다. 그것을 어떻게 받아들이느냐에 따라서 고통의 강도도 다르다. 뜻하지 않은 역경은 고난을 수반하지만 역경을 뛰어넘었을 때 인생은 더 소중해지고 가치가 있는 것이다.

'서 있다고 생각하는 이는 넘어지지 않도록 조심하십시오. 여러분에게 닥친 시련은 인간으로서 이겨내지 못할 시련이 아닙니다.' (고린도1서 10장 12~13절) 라는 성경구절처럼 삶에 있어서 절대 교만하지 말 것이며 시련이 닥치면 스스로 일어나도록 있는 힘을 다하여라. 그게 삶을 사랑하는 일이고 자신에게 당당할 수 있는 일이다. 이 세상에 이겨낼 수 없는 시련은 없다.

아들아,

돌아오는 그 날까지 건강하게 잘 지내길 바란다.

2014년 5월

엄마가.

(2014. 여름. 「교육제주」)

꿈을 꾸는 한 청춘이다

얼마 전 신조어로 '어모털족'이라는 말이 등장했다. 어모털 (amortal)은 '영원히 살 수 없는'이라는 뜻의 영어 단어인 '모털'(mortal)에 부정을 뜻하는 'a'를 붙여 만든 단어이다. 그 뜻을 짐작해 보면 '영원히 늙지 않는' 정도로 해석할 수 있다. 즉 어모털족은 나이는 숫자에 불과하다는 신념으로 나이에 상관없이 자기가 하고 싶은 일을 하며 살아가는 사람들을 일컫는다. 얼마나 환상적인 이야기인가. 그러나 현실적으로 그렇게 사는 사람들이 몇이나 될까? 머릿속으로 나이는 숫자에 불과하다고 백 번 천 번 외치지만 나이에 따른 인간의 생체변화 이치는 거스를 수 없다. 하지만 마음만이라도 이팔청춘처럼 살 수 있다면 오죽 좋겠는가?

요즘 들어서 나이 들어감에 따른 두려움이 가끔 찾아온다. 학생들을 데리고 양로원을 방문했을 때 초점 없는 시선으로 나를 바라보던 노인들의 모습이 자꾸 눈에 어린다. 아이들이 노래를 불러도, 악기를 연주해도 눈빛이 반짝이지 않는 그분들을 보면서 가슴이 아팠다.

나이에 얽매이지 않고 꿈을 꾸는 삶을 사는 사람들은 아름답다. 현대 경영학의 창시자 피터 드러커는 96세에 숨질 때까지 왕성한 저작 활동을 했다. 미국 시사 잡지 '타임'(Time)은 어모털리티(amortality)를 '지금 당장 세상을 바꿀 아이디어'로 선정했고, 나이에 맞게 행동하는 것은 이제 과거의 유물일 뿐이라고 선언했다. '투자의 귀재'로 불리는 워런 버핏 역시 1930년생으로 올해 83세지만 투자와 기부, 강연 등 왕성한 활동을 하고 있다. 미국의 시나리오 작가이면서 영화감독인 우디 앨런은 77세임에도 불구하고 왕성한 창작욕을 보이며 지난 40년간 무려 37편의 영화를 만들었고 35세 어린 아내 순이 프레빈과 살고 있다. 84세인 김동길 교수도 강연이나 저작활동을 꾸준히 하고 있고, 소설가 이외수 님도 해마다 책을 내고 있다. 돌아온 오빠 조용필 가수도 늙을 줄 모른다.

고령의 나이에도 왕성한 활동과 도전을 계속하는 사람들을 보면서 힘을 얻는다. 나이를 잊고 지금의 삶을 끊임없는 진행형으로 만들어 가는 것이 곧 어모털족으로 사는 거다. 어모털족으로 살아갈 수 있는 복은 열정과 능력, 건강, 경제력이 뒷받침될 때 따라온다. 일에 대한 열정을 가지고 끊임없이 자신의 능력과 건강을 키우면서 도전하는 사람이 어모털족이 될 수 있다.

겨울 눈발이 날린다. 장작난로에서 활활 타오르는 불빛은 청춘처럼 뜨겁다. 저렇게 살 수 있는 시간이 나에게 얼마나 남았을까. 지나간 시간 속으로 다시 뛰어들고 싶은 마음은 저 불꽃만큼이나 강렬한데 사그라져 갈 불빛을 염려하고 있으니 어모털족이 되기엔 역부족인 듯하다.

교직을 선택하여 지금까지 열심히 살아왔다는 것에 자신을 위로하지만 교직을 떠난 후의 삶도 중요하기에 지레 걱정이 되는 것이다. 지금까지 충분히 행복하고 감사한 것은 교직을 택하여 순수한 어린이들과 함께할 수 있었다는 것이다. 처음 담임을 맡았을 때 나의 열정은 저 불꽃만큼이나 강했다. 그러나 교육은 열정만 가지고 되는 일이 아님을 안 것은 오랜 시간이 지난 후이다. 교육에 대한 열정 이전에 아이들에 대한 사랑이 먼저라는 것을 한참 후에 알게 되었다.

장작불이 사그라지려고 한다. 시간이 더 지나면 한 줌의 재가 될 것이다. 어느 것도 영원한 것이 없다. 그래도 우리는 영원을 추구한다.

몇 해 전 동생이 서예전을 할 때 액자 안에서 나를 사로잡았던 구절이 있어 집에다 걸어 놓았다. '꿈을 꾸는 한 청춘이다' 라는 구절이다. 불꽃 같은 청춘을 살아내고 이제 사그라져 재가 될 사람들에게도 희망을 심어주는 말이다. 꿈을 꾼다는 것은 주어진 삶을 최선으로 살아내겠다는 의지이며 희망이다. 이 시대의 젊은이들 못지않게 끊임없이 꿈을 꾸며 교육자로서, 아내로서, 어머니로서, 자식으로서 많이 아파하며 여기까지 왔다. 그동안 아픈 청춘을 잘살아내었지만, 꿈 너머 꿈을 위해 다시 꿈을 꾸고 싶은 거다. 그래서 청춘이 되고 싶은 거다.

오늘 따라 액자 속의 글귀가 더 크게 보인다.

"꿈을 꾸는 한 청춘이다"

(2013. 『제주여류수필』)

지금 우리는

초등학교 때 담임선생님께서는 신라의 김유신 장군, 백제의 계백 장군, 청산리 전투에서 용맹을 떨친 김좌진 장군의 이야기를 실감나게 설명해 주셨다. 단군왕검의 이야기와 고조선의 발달에서부터 근대 국가의 성립과정까지도 재미있게 알려 주셨다.

그때 옛날이야기처럼 들었던 것이 중·고등학교를 거치면서 우리나라가 어떻게 발전되어 왔음을 조금씩 알게 되었다. 시대마다 수난과 시련을 극복해 낸 훌륭한 왕들의 치적 뒤에는 지도자의 뜻을 잘 따른 백성들의 노력이 있었음도 알게 되었다.

일제 강점기에 유관순의 독립만세운동이나 만주에서의 독립운동 이야기는 자꾸 들어도 싫지 않은 내용이었다. 어린 나이에도 일제의 만행에 주먹을 불끈 쥐었고, 나라를 빼앗긴 백성들의 설움을 생각하며 나라의 고마움을 생각했다.

교사가 된 후에 다시 그러한 내용을 학생들에게 가르쳤다. 6월이 되면 6.25에 대한 공부는 빠지지 않았다. 칠판에 지도를 그려놓고 남과 북으로 허리를 자른 후 화살표로 북한군의 침략, 중공군의 개입, 1·4후퇴, 유엔군의 상륙작전 등을 설명하였다. 전쟁의 참혹함을 흑백 영상이나 사진으로 보여주었다. 목숨을 건 전투장면, 긴 피난행렬, 폭격을 받은 어느 마을에 어린 동생을 업은 여자아이의 황량한 모습은 아직도 눈에 선하다. 전쟁을 겪어보지 못했기에 전쟁을 다 이해할 수는 없지만 어떻게든 전쟁의 참상과 우리나라의 역사를 제대로 알리려고 노력하였다. 교사의 사명감 이전에 올바른 역사의식을 학생들에게 전수해 주어야 한다는 책임감이 더 컸던 것 같다.

연수 중에 신봉승 님의 특강을 들을 기회가 있었다. 그분이 극작가라고만 알고 있었는데 청년시절에 초등학교 교사를 하다가 진로를 바꾸신 분이셨다. 그분은 1953년 당시의 열악한 교육 환경 속에서도 아이들을 즐겁게 가르치기 위해 밤새 자료를 만들어서 가르쳤다. 그 당시에도 교실에서 연극수업을 하셨단다. 현재는 예술원 회원으로 우리나라의 역사의식을 바로잡는 데 앞장서고 계시다. 목소리는 힘이 넘쳤고 강의는 열정적이었다.

그분이 말씀하시는 요지는 우리나라 학생들에게 역사교육을 제대로 해야 한다는 것이었다. 요즘 우리 학생들이나 젊은이들이 우리나라에 대한 역사의식이나 국가에 대한 충성심이 어떠한지를 물으셨다. 그들은 우리나라를 어떻게 생각하고 있는지 아느냐고 질문하셨다.

학생들이 역사를 모르기 때문에 역사의식도 충성심도 없다면서 일선 학교에 돌아가면 하루에 단 10분씩만이라도 우리나라의 역사에 대하여 교육을 해달라고 당부하셨다.

우리나라와 일본을 비교하는 대목에서는 부끄럽기도 했고 공감이 갔다. 일본은 '메이지(明治)유신'이라는 근대화 과정을 통하여 정신무장을 완전히 새롭게 했다. 우리나라는 그런 과정이 없이 경제발전을 좇다 보니 정신적인 면에서 일본보다 30년은 뒤떨어졌다면서 일본을 앞서려면 우리의 역사의식을 바로 세우고 국민들 정신무장을 제대로 해야 한다고 말씀하셨다.

몇 년 전 학생들과 함께 일본 오사카 지방을 방문한 때의 기억이 떠올랐다. 그곳 해양소년단과 교류를 맺는 자리라 일본 해양소년단원들도 왔다. 그때 일본을 다시 보게 되었다.

처음에 일본 초등학생들이 질서를 지키는 모습에서 기가 죽고 말았다. 한 학생이 오른손을 들고 검지를 세우자 모든 학생이 그 뒤에 줄을 서는 것이었다. 그게 약속된 듯하였다. 반면 우리 한국 학생들은 선생님이 모이라고 소리를 쳐도 우왕좌왕 잘 모여지지 않았다. 한국에 돌아와 나도 그처럼 학생들과 약속을 정해놓고 해 보았지만 잘 안 되었다.

두 번째는 저녁에 숙소에 있는 공동목욕탕을 갔는데, 중년 여인이 혼자 목욕하고 있었다. 그녀가 목욕하는 모습은 내가 한국에서 보아온 모습과는 달랐다. 선녀가 목욕을 하듯이 앉아있는 자리에서 물이 멀리 튀지 않도록 조심스럽게 물을 몸에 흘려보냈다. 목욕에도 품격이 있음을 그때 알았다. 조용하고 차분하게 씻고 나가는 그녀의 뒷모습이 아름답게 보였다. 요즘 어깨 움츠리기 운동으로 기차 안에서 남을 배려하는 그들의 정신을 우리는 언제 따라갈 수 있을는지…….

반만년의 역사를 품은 이 나라가 전쟁의 폐허에서 지금처럼 잘 사는 나라가 되기까지는 수많은 노력이 뒷받침되었음을 역사는 알고 있다. 내가 있음도 나의 부모님과 조상 덕분이듯이 지금의 대한민국도 앞서 간 훌륭한 지도자와 백성들 덕분임을 부인할 수 없다. 그들의 혼은 살아서도 죽어서도 나라의 운명과 함께할 것이다. 한반도의 파란만장한 역사의 굴곡을 바르게 알고 이해하여 후손들에게 알려주는 것은 이 시대를 사는 우리들의 몫이다.

한 집안도 내력이 있듯이 나라도 마찬가지다. 과거는 현재를 어떻게 살아가야 하는지를 깨우쳐주는 지침이 되기도 하고 미래의 삶의 방향을 제시해 주기도 한다. 지나간 사실을 바르게 인식하지 않고서는 개인의 발전은 없다. 나라도 마찬가지다. 역사를 바로 아는 일은 나를 아는 일만큼 중요하다. 역사교육은 나라의 근본에서부터 현재까지 내려온 의미 있는 사실들을 바르게 가르치는 교육이다. 집안의 근본과 내력을 알아야 하듯이 국민의 한 사람으로서 나라의 근본과 역사를 바르게 인식할 필요가 있다.

앞으로 영원무궁토록 길이 빛날 대한민국을 상상하는 일은 즐겁지만 그렇게 되리라는 믿음에는 확신이 없다. 미래라는 것은 현재의 결과물이라고 하는데 지금 우리는 어떻게 가고 있는가? 일본은 독도가 자기네 땅이라고 억지를 부리는 것도 모자라 위안부에 대한 막말을 퍼붓고 있다.

중국은 동북공정으로 한반도의 역사를 왜곡하고 있지 않은가? 이러한 시점에서 우리는 지금 무엇을 어떻게 해야 하는지 되돌아볼 일이다.

(2013. 상반기. 『제주문학』 58집)

홍랑의 기개와 절개

홍윤애에 대한 이야기를 들은 것은 2011년 제주여성행정협의회에서 가을 기행을 가게 되었을 때다. 홍윤애의 묘를 찾아가는 대형버스는 애월읍 소길리 어느 도로변에 멈추었다.

버스에서 내려 좁은 길로 들어섰다. 길가의 억새들은 우리를 환영하듯 춤추었고, 하늘은 청명하고 높았다. 당시 문화재 관리위원이신 김순이 선생님의 안내에 따라 산길을 200여 미터 걸어 들어갔을까. 아무도 돌보지 않은 듯한 무덤 앞에 멈추어 섰다. '洪義女 之墓' 라는 비석만이 오랜 세월 동안 이 묘를 지켰음을 알 수 있었다.

홍윤애는 한 마디로 조선시대 때 제주에 유배를 온 조정철을 사랑한 여자였다. 하필 유배 온 남자를 사랑하다니, 기구한 운명을 자초한 여자라는 생각을 하며 이야기를 들었다.

조선 정조 때 조정철이 1777년 정조 시해음모에 관련되어 제주로 유배를 오게 되자 홍윤애는 그를 돌보기 위해 왕래를 하다 두 사람은 사랑의 정분을 쌓게 된다. 사랑의 징표로 딸까지 낳았다. 그러나 행복은 잠시, 조정철의 가문과는 철천지원수 사이인 김시구가 제주목사로 부임해 오면서 조정철은 김시구의 사냥감이 되었다. 그를 죽이기 위한 죄목을 찾기 위해 혈안이 되었고 결국 그와 내통한다는 홍윤애를 잡아들였다. 그녀의 입에서 조정철의 죄를 발설하도록 갖은 고문을 했다.

조정철의 죄를 인정하면 목숨 부지뿐만 아니라 후한 대우까지 약속했지만 홍윤애의 굳은 절개는 변함이 없었다. 여성으로서 치욕적인 조롱과 매질에도 굴하지 않고 끝끝내 항거하였고, 끝내 억울함을 호소하며 스스로 숨을 거둔다. 그녀의 죽음은 당시 사회적으로 큰 반향을 일으켜 김시구는 무고한 백성을 죽게 했다는 죄목으로 파직을 당하게 된다. 반면 조정철은 유배지를 옮겨서 유배생활을 몇 년간 더하다 풀려난다. 세상이 바뀌자 조정철은 관직을 갖게 되고 공교롭게도 제주목사로 부임하게 된다. 사랑하는 딸을 만나고 홍윤애의 묘를 찾아 눈물을 흘린다. 자신을 위해 목숨을 바친 홍윤애를 애도하며 손수 비문을 쓰고 비석을 세운다.

한 편의 영화 같은 이야기를 듣고 나니 가슴이 싸했다. 그녀의 비에 새겨진 '洪義女'라는 문구가 더 크게 다가왔다. 불의에 항거하여 목숨을 내어놓으면서까지 사랑을 지켜낸 그녀가 제주여인이었다는 것이 자랑스럽게 느껴졌다.

2013년 6월 23일, 음력 5월 15일, 애월읍 소길리 홍윤애의 묘 앞에는 알음알음 사람들이 모여들기 시작했다. 홍윤애 추모문학제를 하는 자리이다. 묘지 주변에 모인 사람들은 숙연했고, 하늘은 잔뜩 구름을 품었다. 제주문인협회 김순이 회장이 초헌관이 되어 제례를 봉헌하고 나자 추모시 낭송이 이어졌다. 추모시 낭송은 더욱 가슴이 미어졌다.

흰 한복의 여인은 어느새 홍윤애가 되어 조정철에 대한 사랑과 그로 인한 억울한 죽음을 온몸으로 울부짖는 듯했다. 죽음으로 사랑하는 사람을 살린 홍랑의 혼이 되살아나 통곡이라도 하듯 시낭송이 절정에 이르자 하늘도 결국 참았던 울음을 터트리고 말았다. 그것을 보는 사람들의 가슴 속에서도 빗물이 흘렀다.

말로 어찌 그 여인의 혼을 달랠 수 있으랴. 흰 국화 한 송이와 함께 절을 한들 그게 무슨 소용이 있으랴. 그렇게라도 하는 것이 후세의 도리인 것 같았기에 묘비 앞에 엎드려 절을 올렸다.

갓난 어린 딸을 생각하면 쉽게 목숨을 버릴 수 없을 만도 한데, 사랑하는 남자를 살려야 한다는 절박함 하나로 사회적 물의를 일으키는 죽음을 선택한 그녀. 더구나 조정철의 죄를 인정하면 그에 따른 보상으로 안정된 삶을 약속했지만 불의 앞에 굴복하지 않았으니 그녀의 사랑은 모정보다 강했고 굳은 절개는 하늘을 찔렀음을 알 수 있다.

오늘 다시 홍윤애문학제를 통해 그녀의 무덤을 만나니 전과는 감회가 다르다. 하필 유배 온 남자를 사랑한 불운의 여자라고만 생각했는데, 사랑하는 사람을 지켜내기 위해 목숨을 내놓은 여자였다. 오늘 추모의 자리가 홍윤애의 죽음이 헛되지 않았음을 말해 주고 있다. 그녀가 떠난 지 232년이 지난 지금 '홍윤애추모문학제'를 열기까지는 그녀의 투쟁적 죽음을 제주여성의 강인한 기개와 절개로 승화시킬 수 있도록 노력한 문학단체와 관련 기관들의 협조 덕분이다.

오늘날에도 부당한 공권력의 행사에 굴복하지 않고 끝까지 항거하는 많은 사람이 있다. 지금 우리에게 필요한 것은 불의에 굴복하지 않는 홍랑과 같은 기개와 절개가 아닐까 생각해 본다.

(2014. 상반기.『제주문학』60집)

중국자본과 제주도

2014년 10월 모 일간지에 '뉴욕의 왕궁' (월도프 아스토리아 호텔)이 중국에 팔렸다는 기사가 났다. 그 기사를 읽는 순간 가슴이 철렁했다. 제주도 부동산이 중국에 넘어가는 것은 시간문제라는 생각이 들었기 때문이다.

뉴욕의 랜드마크이며 왕궁으로 불리는 미국 최고급 호텔 월도프 아스토리아는 '양키의 격조를 보여주는 곳' 으로 불릴 만큼 유명한 호텔이다. 이 호텔은 1893년 백만장자인 윌리엄 아스토르에 의해 세워진 이후 세계적인 부호, 권력가, 스타들이 거쳐 가며 역사적으로 더욱 유명해졌다. 우리나라에서는 1942년 이승만 박사가 이곳에서 한국독립만찬회를 열었고, 박정희 전 대통령이 1965년 방미 때 머물렀다고 한다. 2014년 올해는 9월 유엔총회 때 18개국 정상들이 숙소로 이용했던 곳이기도 하다.

121년의 역사를 자랑하는 뉴욕 제일의 호텔을 중국의 한 보험회사가 가장 비싼 값을 치르고 인수했다는 것은 중국의 자본이 세계를 누비고 있다는 뜻이다. 인수한 배경이나 그걸 비싼 값으로 판 옛 주인의 속셈을 다 알 수는 없지만, 기사를 읽은 제주도민이라면 예사롭게 넘어가지는 못했을 것이다.

　몇 년 전부터 제주도는 중국인 관광객들이 일본인을 제쳤다. 발 빠른 관광지의 가게는 간판이 중국어로 바뀌기도 하고 점원을 중국인으로 채용한 상점들도 늘고 있다. 특히 신라면세점 앞을 비롯한 신제주 바오젠 거리는 중국인들이 활보하는 거리가 되어서 중국 땅을 방불케 한다. 그곳을 지나면 한국어를 듣기 힘들어졌다. 중국인 특유의 시끄러운 말소리들은 바오젠 거리뿐만이 아니다. 한라산 어리목도 마찬가지다. 웬만한 관광지마다 중국인을 태운 관광버스가 진을 치고 있다.

　중국인 관광객이 제주를 찾는 것은 나무랄 일이 아니다. 관광제주가 세계인들이 찾는 명소가 되면 더할 나위 없지 않은가. 하지만 중국 자본이 제주에 무분별하게 들어오는 것이 문제다. 2010년부터 도입된 부동산투자 이민제도가 외국자본 유입과 세수 증대에 어느 정도 도움을 주고 있지만, 제도의 허점을 이용하여 불법으로 야금야금 부동산 매입을 하고 있으니 문제다. 중국인이 소유한 땅의 넓이가 여의도의 약 2배가량이나 된다고 하니 이러다가 제주도가 몽땅 중국 땅이 되지 않을까 염려하지 않을 수 없다. 2010년 이후 제주도에 유입된 중국자본의 규모가 제주도 예산의 8%에 이르고 있다고 하니 맘 놓고 있을 수만은 없는 일이다.

　최근 들어서는 제주에 어느 호텔이 중국에 팔렸다던가, 잘 나가는 어느 가게를 중국인이 인수했다는 말을 자주 듣는다. 바오젠 거리의 상점들도 많이 팔렸다는 소문이 있다. 사실이 아닌 소문에 그치는 경우도

김순신 수필집

있다. 어떤 가게주인은 '중국에 팔지 않았다.' 는 내용을 홍보하는 문구를 붙인 가게도 있을 만큼 사실이 파악되지 않은 말들도 떠돌고 있다. 값도 몇 배나 뛰었다는 말을 들었는데 그만큼 중국자본이 제주의 부동산 거래시장을 흔들고 있다는 증거다.

중국자본이 제주를 침식하는 것은 시간문제다. 뉴욕의 최고급 호텔을 살 정도면 제주도의 부동산을 쇼핑하는 것은 누워서 떡 먹기 아닌가? 미국은 월도프를 판 돈으로 미국 내 다른 호텔을 사서 제2의 도약을 꿈꾼다고 하지만, 우리 제주도에는 그런 큰 자본가가 없다. 팔고나면 나중에 되찾기는 쉽지 않다.

더구나 중산간의 땅을 사들여 마구잡이로 개발하도록 내버려두면 제주만의 자연환경은 얼마 없어 사라질 것이다. 중국자본에 의해 운영되는 업체에 고용되는 제주인들은 더 많아질 것이고 그들의 자본에 의해 벌어들이는 돈은 중국으로 가게 될 것이다.

땅을 가진 이들은 나의 재산을 내가 파는데 무슨 상관이냐고 하겠지만, 제주를 지키는 일이 어떤 것인가를 생각한다면 중국자본에 함부로 부동산을 파는 것은 생각해 볼 일이다.

자본주의 사회에서는 자본의 흐름에 따라 사람들도 모인다. 중국자본이 우리 제주도를 잠식하는 동안 중국인들은 점점 많아질 것이고, 시간이 지날수록 제주가 고향인 사람들은 제주를 떠나게 될지도 모를 일이다.

제주도가 살기 좋은 곳으로 주목을 받는 까닭이 어디에 있겠는가? 아름다운 자연환경과 넉넉한 인심과 모든 곳이 하루 생활권 안에 들어오기 때문이다. 산이면 산, 바다면 바다, 들이면 들, 제주도 어디를 가도 아름답지 않은 곳이 없다. 자연과 함께 어울리며 살 수 있는 곳이 제주도이다. 최근에는 문화 이주자들도 늘고 있어서 제주도가 자연과 문화가 어우러진 정말 살기 좋은 곳이 될 것임을 믿어 의심치 않는다.

제주도를 좋아하는 사람들은 큰돈을 벌기 위해 오는 사람들이 아니다. 아이들과 함께, 아니면 노후를 자연과 함께 편안하게 보내려는 사람들이 많다. 이들에게 제주도는 제2의 삶의 터전이 될 것이고 치유의 섬이 될 것이다.

그런데 거대 자본을 가진 중국인들은 어떤가. 그들은 제주도 땅을 사서 크게 돈을 벌어보겠다는 전제하에 마구잡이로 땅을 사들이는 경우가 많다. 나는 제주도가 내국인이든 외국인이든 진정 제주인으로 살고파서 찾아오는 곳이 되기를 원하지 땅을 사서 돈을 벌려고 하는 사람들이 몰려드는 곳이 되기를 원하지 않는다.

아름다운 제주를 지키고 후손에게 물려주는 일은 제주도민의 몫이다. 자본에 끌려갈 것이냐, 자존을 지킬 것이냐는 제주인인 우리가 선택할 일이다.

(2014. 상반기. 『제주문학』 61집)

제주어의 운명

탐라문화제 행사의 하나로 제주문인협회가 주관하는 제주어 시낭송대회가 있다. 기회에 우리 학교 학생들도 참여하여 제주어에 대한 관심을 유도하고자 몇 명의 어린이들에게 참가를 권유했다. 알맞은 동시를 고르고 그것을 제주어로 고치려고 하니 맞는 제주어가 얼른 생각이 나지 않았다. 잘 모르는 것은 집에 가서 할머니께 여쭈어보라고 했더니 제법 그럴 듯하게 제주어로 바꾸어 왔다.

사라질 위기에 있는 제주어를 살리기 위해 학교에서도 '제주어 알아보게 마씸'이라는 주제로 매월 제주어를 표준어로 안내하는 가정통신문을 만들어 발송하고 있다. 그것이 가정에서 제주어를 배우는 데 얼마나 효과가 있는지는 의문이다.

제주어 교육을 제대로 하려면 교사가 제주어로 수업해야 한다고 생각한다. 그게 가능하려면 교사들에게 제주어를 가르쳐야 한다. 일선에 있는 선생님들이 제주어를 얼마나 아는지조차도 조사되지 않고 있는 시점에서 제주어로 수업한다는 것은 무리이기 때문이다. 제주어 연수

프로그램을 개설하여 꾸준히 제주어를 배우다 보면 수업도 자연스럽게 될 것이다. 가정에서도 부모님들이 제주어를 스스럼없이 사용할 때 제주어가 유지되고 살아난다.

언어는 왜 사라지는가? 언어의 사멸은 언제나 정치적 권력의 작용이나 경제적 빈곤과 관련이 있다고 한다. 앵글로색슨(Anglo Saxon)족이 브리튼 섬을 지배하게 되면서 스코틀랜드와 아일랜드, 콘월과 웨일스의 공무원들은 영어를 사용했고, 공문서도 영어로 작성되었으며, 아이들은 학교에서 영어로 수업을 받았다. 사회적 성공을 원하는 사람이라면 런던에서 쓰는 영어를 사용해야 했다. 이처럼 언어는 경제와 밀접한 관련이 있다.

언어학자들의 말에 의하면 미대륙의 원주민인 인디언 언어도 머지않아 곧 사라질 것이라고 한다. 일본에서도 아이누족의 언어가 사라질 것이고, 호주의 원주민어도 같은 운명에 처해 있다고 한다. 이 경우들은 모두 경제적 이유에서 모국어를 선택하지 않았기 때문이다. 백 년 후에는 현재 사용되고 있는 언어 중 90퍼센트가 소멸할 것이라고 하니 제주어의 앞날은 어둡기만 하다.

제주어가 사라진다면? 상상을 해 본다. 당장 말을 못하는 것은 아니지만, 제주어에 담긴 제주인만이 느낄 수 있는 얼이 사라진다는 것이 가슴 아픈 것이다. 동네 노인 한 사람이 죽으면 작은 도서관 하나가 없어지는 것과 같다는 말이 있다. 제주어에는 제주 사람들의 정서가 담겨 있고 문화가 담겨 있기에 제주어가 사라지면 제주정신이 사라지는 것과 같다.

요즘 제주도에는 중국인 관광객들이 많이 들어오고 있다. 그들을 상대로 경제활동을 하는 사람들은 중국어를 배울 수밖에 없는 실정이니

웬만한 가게 점원도 중국어 몇 마디하고 있으니 중국어가 제주어를 더 밀어내는 셈이 되고 있다.

필자가 오래 전에 외국인을 만났을 때다. 나는 상대가 외국인임을 생각하여 짧은 영어로 용건을 말했더니, 그 사람은 오히려 서툰 한국말로 '왜 한국 사람이 한국에서 한국말을 사용하지 않느냐?' 고 했다. 프랑스에서는 상대가 외국인이어도 프랑스어를 쓴다고 하면서 자국 언어에 대한 자부심을 가지라는 지적을 해 주었다.

제주가 외국의 관광객이나 타시도 사람들이 많이 왕래하는 곳이기 때문에 자칫 제주어보다는 상대의 언어를 쓰기 쉽다. 그러다 보면 제주어는 점점 사라질 것임에 틀림이 없다. 경제적인 이유에서 제주어를 등한시한다면 제주어의 운명은 불을 보듯 뻔하다.

제주어의 운명은 우리 제주인의 마음에 달려 있다. 제주어를 지방 사투리라고 스스로 격하시키지는 않고 있는지 돌아볼 일이다. 제주어를 사용하는 할머니, 할아버지 세대가 끝나고 부모님 세대에서 활용이 안 되면 자연적으로 우리 세대도 제주어를 모르게 된다.

탐라문화제 문학백일장에서도 제주어로 작품을 응모하는 수는 점점 줄어들고 있다. 다행히 문학단체나 문인들이 제주어로 작품집을 내는 경우도 있다. 제주어로 펴낸 시집이나 수필집을 읽다 보면 어머니, 할머니의 말씀을 듣는 것 같아서 정겹다.

일상에서 제주어가 아무런 불편 없이 사용될 때 제주어가 힘을 낸다. 제주어를 가장 많이 들을 수 있는 곳은 재래시장이 아닐까 생각한다. 재래시장뿐만 아니라 관광지에서도 제주어가 살아났으면 좋겠다. 그나마 제주 지방방송에서 제주어로 진행하는 코너가 있어서 다행이다. 들을수록 맛깔스럽고 정감이 가서 좋다. 각 단체와 교육청 차원에서 제주어 말하기 대회, 제주어 시낭송대회 등을 개최하고 있지만, 실제 제주어가 일상 언어로 자리 잡지는 못하는 실정이다.

　이제부터라도 제주어를 공문서에 활용하면 어떨까?　제주도민이면 누구라도 제주어로 소통할 수 있을 때 제주도의 정서도 하나로 모이고 힘도 생기는 것이다. 정치, 경제적 이유로 무심히 쓰고 있는 언어들이 우리의 제주어를 점점 죽어가게 하고 있다.

(2014)

배려와 친구 되기

사랑하는 어린이 여러분!

벌써 한 학기가 끝나고 즐거운 여름방학을 맞이하게 되었습니다. 새 학년을 맞이하면서 가졌던 다짐이나 약속들이 잘 실천되고 있나요? 사람은 어떤 일을 하겠다고 자신에게 약속과 다짐을 해도 시간이 지나면서 점점 그 약속이 잘 실천되지 못할 때가 많습니다.

교감선생님도 올해 새해 초에 세운 계획들이 잘 실천되었는지 돌아보니 잘 실천된 일도 있지만 그렇지 못한 일들도 있습니다. 교감선생님도 여러 가지 계획을 세우고 다짐을 했는데 그중에서 가장 중요한 것이 다른 사람을 배려하겠다는 다짐이었습니다.

배려라는 말은 사전을 찾아보면 '남을 도와주거나 보살펴 주려고 마음을 쓰는 것'이라고 나와 있습니다. 남을 배려한다는 것은 쉬운 일 같지만 실천하기가 쉽지 않습니다. 도와주거나 보살펴 주려고 마음을 쓰려면 상대방의 입장을 잘 헤아릴 수 있어야 하기 때문이지요. 우리는 살아가면서 자기의 입장은 중요하게 생각하고 상대방의 입장을 무시하는 경우가 많습니다. 그 까닭은 사람들은 모두가 자기중심적으로 생각하는 경향이 있기 때문입니다. 어떤 일이 생기면 자기에게 미치는 이익이나 손해를 먼저 생각하게 되고 상대방이 어떤 입장인지를 잘 생각하지 못합니다. 그렇다고 해서 누구나 자기 입장만 생각하고 행동한다면 우리가 사는 사회는 어떻게 될까요? 그야말로 싸움과 다툼이 끊이지 않을 것입니다. 우리와 함께 지내는 사람들에게 작은 것 하나라도 도와주고 보살펴 주려는 마음으로 생활하는 사람이 많으면 많아질수록 우리 사회는 즐겁고 행복한 사회가 될 것입니다.

우리 학교가 즐겁고 행복한 학교가 되려면 여러분이 배려하는 마음으로 무장되어 서로 도와주고 보살펴 주는 일에 앞장서야 합니다.

천당에 있는 사람들과 지옥에 있는 사람들에게 똑같이 팔의 길이보다 더 긴 숟가락을 나누어 주고 꼭 그 숟가락으로만 음식을 먹으라고 했답니다. 지옥에 있는 사람들은 숟가락에 음식을 담고 자기 입으로 가져가려고 아무리 애를 써도 숟가락이 너무 길어서 도저히 먹을 수가 없었답니다. 그런데 천당에 있는 사람들은 긴 숟가락으로 음식을 떠서 서로 상대방에게 먹여주고 있더랍니다. 상대방의 입장을 먼저 생각해서 도와주려는 마음이 서로가 음식을 먹게 된 좋은 결과를 가져온 것이지요. 우리의 생활도 그러합니다. 나의 입장만 생각하고 욕심을 채우려하기보다 남을 배려하다 보면 자신도 저절로 행복해집니다. 그러니까 다른 사람을 위한 배려를 실천하는 일은 결국 나를 위한 것이라고 할 수도 있습니다.

친구를 놀리거나 괴롭히는 일, 친구의 물건을 함부로 다루는 일, 친구를 따돌리는 일과 같은 학교폭력도 다른 사람의 마음과 입장을 헤아리지 못하기 때문에 일어나는 일입니다. 놀림을 받거나 따돌림을 당하는 친구의 마음을 헤아린다면 함부로 다른 사람을 괴롭힐 수 없습니다.

사랑하는 어린이 여러분!

배려와 친해지고 싶지 않나요?《어린이를 위한 배려》라는 책에 나오는 주인공 예나는 공부 잘하고, 똘똘하고 자신감 넘치는 아이였지만 자기 입장만 생각하는 아이였습니다. 그런 예나가 회장선거에서 떨어지고 난 후 우여곡절을 겪으면서 남을 위해 봉사를 실천하고 배려하는 아이로 변해 갑니다. 그래서 예나는 더욱 행복해지지요.

여러분도 이제부터라도 배려와 친할 수 있도록 노력해 보세요. 하루에 한 번만이라도 아빠, 엄마, 친구의 입장을 헤아려보고, 내가 도와주거나 보살펴 줄 일이 무엇인지를 생각해 보십시오. 그러다 보면 여러분은 어느새 배려와 친구가 되어 있을 것입니다.

(2011. 학교신문)

그녀의 리더십

청명한 가을 날씨에 반갑게 인사를 나누는 교감, 교장선생님들의 얼굴에는 여유로움과 멋스러움이 풍긴다. 모두가 여성들이라 옷차림도 한껏 멋을 부려 개성이 돋보인다. 직장의 업무는 잠시 잊어버리고 가벼운 마음으로 가을을 만나는 날이다. 하루 일정이지만 일상에서 벗어나는 것 자체만으로도 즐거운 일인지라 모두가 소풍 가는 어린 아이처럼 밝은 표정이다. 아이나 어른이나 나들이는 좋은가 보다.

버스가 먼저 도착한 곳은 아라동에 위치한 관음사이다. 사찰 입구에 찻집이 있어 가끔 들르는 곳이다. 사찰은 고즈넉한 분위기가 사람을 겸손하게 만든다. 그게 사찰이 갖는 보이지 않는 힘이다. 일부 관광지 사찰들은 관광객들로 붐벼 그런 분위기를 못 느끼는 곳도 있지만, 사찰 건물 자체와 주변의 자연풍광이 그렇다. 입구에서부터 석상 보살들이 사열하듯 서 있지만 별다른 감흥은 없다. 조금 더 걸으니 '해월굴' 이라는 작은 동굴 앞에서 걸음을 멈추었다. 굴(?)이라기보다 움터라고 해야 더 어울릴 듯싶다. 한 사람이 겨우 기거할 만한 공간이다.

안에는 키 작은 초 몇 자루가 누군가를 위해 눈물을 흘리며 춤을 추고 있다. 흘러내리는 촛농 속에 인간사의 희로애락이 함께 녹아내리고 있다. 기쁨도, 분노도, 사랑도, 슬픔도 뜨거운 눈물 되어 흐르다가 그 마음 다 태우고 삭혀지면 허공으로 훌훌 날려 보낸다. 태우다 남은 옹이는 쉽게 삭이지 않으련만 한동안 태우고 나면 인간사 덧없음을 아는지 촛불은 흔들흔들 춤을 춘다. 촛불을 켜놓은 누군가를 떠올리며 잠시 숙연해진다. 어떤 이는 그 앞에서 합장하여 고개를 숙인다. 어떤 염원을 오롯이 바쳤는지 알 수 없는 일이지만, 필자도 그 앞에서 짧은 소망 하나 꺼내 놓았다.

이 굴이 안봉려관이라는 여승이 1908년 관음사 창건 당시부터 3년간 기도에 정진했던 토굴이란다. 안봉려관(安蓬廬觀)은 제주시 화북동에서 아버지 안치복과 어머니 신 씨 사이에서 둘째 딸로 태어났다. 1889년 탁발스님으로부터 자식이 단명하겠다는 말을 듣고 기도를 하던 중 관세음보살을 꿈에서 본 후 불교에 귀의하게 되었다. 보살계명은 봉려관이며, 법명은 해월이다. '해월굴'이라는 이름도 그래서 생겨난 이름이다. 그녀가 제주의 불교를 부흥시키는 계기가 되었던 관음사를 비롯해 다른 여러 절을 지었으니 제주여성으로서 근대 제주 불교발전에 큰 영향력을 끼친 훌륭한 여성리더임에 틀림이 없다.

그녀의 업적에 비하면 그녀의 삶의 흔적이 너무 초라하다는 생각이 스쳤지만, 많은 불자가 해마다 안봉려관을 기리는 제를 지낸다고 하니 위안이 되었다.

시내에서 목탁을 두드리면서 불자의 길을 가는 그녀를 시끄럽다는 이유로 내쫓았던 그 당시 이웃들의 모습이 지금의 우리 모습은 아닌지 생각해 본다. 다른 사람들로 인한 작은 불편함도 못 참고 그들을 단죄하려는 오만하고 이기적인 생각들이 이 사회를 자꾸 나누어지게 한다.

종교적으로 불교를 억제했던 시대의 후미에서 자신의 신앙을 실현하기 위해 집을 나와 이곳을 찾은 그녀의 용기 있는 행동이 오늘날 그녀를 훌륭한 제주여성의 한 사람으로 남게 한 것이다.

그녀는 심지가 굳세고 마음먹은 바는 어떤 악조건 속에서도 밀어붙이는 뚝심이 대단한 여성이었다고 한다. 남의 잘못이나 단점을 캐지 않고 포용하였으며 설득력이 강하여 한 번 그녀의 말을 귀담아듣게 되면 매료되어 죽는 날까지 그녀를 따를 수밖에 없었다고 한다.

리더는 다른 사람의 단점도 아량으로 감싸 안아야 한다는 것을 그녀는 이미 알았던 거다. 그녀가 설득력이 강했다는 것은 말주변이 좋아서라기보다는 그만큼 진정성으로 사람들을 대했고, 다른 사람들을 섬겼다는 뜻이다. 오늘날 우리가 원하는 리더도 안봉려관과 같은 그런 리더이다. 어떤 공동체라도 내 편, 네 편이 아닌 우리라는 울타리를 만들어 함께 나아갈 수 있는 섬기는 리더가 필요하다.

나는 과연 어떤 리더인지 되돌아본다. 선생님이나 학생의 장점보다는 단점을 먼저 찾고 있지는 않은가? 잘하는 것은 당연하고, 잘못하는 것은 있을 수 없는 일처럼 여기며 응징하려 하지는 않는가? 남을 칭찬하는 일에는 인색하면서 자신이 하는 일은 누군가가 알아서 칭찬해 주기를 원하지는 않는가? 진정성을 갖고 공동체의 나아갈 방향을 설득력 있게 제시하기 이전에 일방적으로 밀어붙이고 있지는 않은가?

(2011)

2부

내가 있잖아

· · · · ·

조수아 作 _ 생각하는 길 · 90.0×72.7cm, Oil on Canvas

우는 아이

아침에 학교 공중전화 앞에서 수화기를 들고 울고 있는 남자아이를 봤다. 1학년인 것 같다. 나보다 먼저 그 아이를 본 ㅅ선생님이 무슨 일로 우느냐고 물었지만 설움이 복받치듯 소리 내어 훌쩍거렸다. 수화기에 가까이 대고 들어보니 엄마가 달래고 있었다. 무슨 일로 우느냐고 여쭈어 봤더니, 세월호 침몰사건에 대하여 아침에 슬픈 뉴스를 보고 우는 거란다. 시간이 지나면 괜찮아질 거란다.

그 말을 듣고 아이에게 '세월호 때문에 슬퍼서 우는 거야?' 했더니 훌쩍거리며 고개를 끄덕인다. 눈물이 핑 돌았다. 안 그래도 가슴이 답답하고 안타까워하며 출근을 했는데 이 어린아이까지 울고 있으니 내 눈에도 눈물이 고였다.

"선생님도 그 일 때문에 슬퍼서 아침에 울었거든. 근데 지금은 참고 있어. 너도 학교에 왔으니까 참고 교실로 올라가자."고 했더니 울음이 잦아들었다. 손을 잡고 교실로 올라가는데 1학년 담임선생님이 엄마로부터 전화를 받은 터라 내려오고 있었다. 선생님은 아이를 꼭 안아준다.

교무실로 들어왔는데 자꾸 눈물이 나려고 한다. 슬퍼서 나는 눈물만은 아니다. 화가 나기도 하고 답답하기도 하고 뭔가 참을 수 없는 분노까지 섞인 눈물이다. 그 아이의 눈물도 슬픔의 눈물만은 아닐 것이다. 나도 언젠가 엄마를 잃을 수도, 엄마를 볼 수 없는 그런 어처구니없는 일을 당할 수도 있다는 두려움의 눈물도 섞였으리라. 어떤 사고가 나면 아무도 나와 부모님을 보호해 주지 않을 것이라는 두려움의 눈물 말이다. 이번 사건을 보면서 그런 두려움은 설령 그 아이만이 아니라 우리 국민 모두가 갖게 되었다.

수많은 생명을 앗아간 세월호의 침몰 때문에 온 국민은 울고 있다. 목숨을 잃은 어린 학생들을 생각하면 가슴이 미어져서 울고, 생명을 구하다 죽은 이들을 생각하면 가슴이 찡해서 눈물이 나고, 먼저 나온 선장과 승무원들을 생각하면 울화통이 치밀어 눈물이 난다. 구조작업 진전을 보면 답답하고 안타까워 화가 난다. 사고가 나면 맨 마지막까지 지휘해야 할 선장을 비롯한 승무원들이 맨 먼저 빠져 나왔다니 분통이 터질 노릇이다. 그리고 우왕좌왕하는 지휘체계의 혼선도 못마땅하기 그지없다. 이런 일이 일어나면 일사불란하게 움직여도 시원치 않을 판에 지도감독기관마다 다르니 생명을 구하는 일이 그렇게 여유 있는 일인가. 답답하고 답답할 따름이다.

세월호 참사 구조소식을 듣는 모든 국민은 국가가 국민을 지켜 주리라는 믿음 대신 배신감이 더 커지고 있다. 노란 리본을 달고 간절히 기도해 보지만 돌아오는 것은 절망뿐이다. 이 나라 지도자들은 이 난국을 어찌 이겨나가야 할지 막막할 따름일 것이다. 그 책임은 국민과 정부의 몫이다.

선생님들과 합동분향소를 찾았다. 입구에서부터 봉사자들이 함께하고 있었다. 분향소 안으로 들어가는 로비에 세워진 근조 화환들을 보자 벌써 울컥해진다. 울지 않으려고 마음을 다잡았다. 영정사진이 없어서 다행이었다. 꽃같이 예쁜 그들을 바라볼 염치가 없기 때문이다. 국화 한 송이를 바친 후 묵념을 했다. 가슴부터 먹먹하여 왔다. 그들이 부르짖는 절규가 태풍처럼 가슴을 쳤다. 입이 있어도 할 말이 없고 눈이 있어도 똑바로 볼 수가 없다. 그저 미안하고 죄스러울 뿐이다. 대한민국이라는 나라가 이 정도밖에 안 된다니 실망스럽지만 어쩌랴, 내 나라인걸.

1999년 씨랜드 화재사건으로 아이를 잃고 뉴질랜드에 이민을 떠났던 전 필드하키 국가대표 김순덕 씨는 이번 세월호 참사를 보며 '그때나 지금이나 변한 게 없다.'고 말했다.

이번 일로 아무리 강조해도 지나침이 없는 것이 안전임을 온 국민이 절실히 느끼는 계기가 되길 바라본다. 항상 소 잃고 나서야 외양간을 고친다고 수선떨지 말 것이다. 이제부터라도 정신을 똑바로 차리고 '제대로' 하는 풍토를 만들자. 제대로 배를 만들고 제대로 주어진 책임을 다하고 제대로 무게를 확인하고 제대로 안내만 했더라면 이런 일은 없었을 것이다. 배의 구조를 바꾸는 일부터 화물을 싣는 것, 항해규칙, 사고 시 대응, 지도감독 모든 것이 제대로 되지 않은 것이 이번 사고를 불러온 것이다.

생각하면 생각할수록 어른으로서 부끄럽고 죄스럽고 미안할 뿐이다. 시간이 지날수록 사망자는 늘어나고 희망은 절망으로 바뀌었다. 실종자들이 하루빨리 가족의 품으로 돌아올 수 있기를 간절히 기도하며 오늘도 노란 리본을 가슴에 단다.

이번 사고로 각 학교 수학여행이나 각종 행사가 취소되었다. 그로 인해 교육과정 운영에도 차질이 생겨 학교마다 학사일정을 변경해야 하는 사태가 벌어지고 있다.

이참에 학교안전사고 예방에 대하여도 다시 한 번 되돌아볼 일이다. 학생 이동 시에 사전에 철저한 안전점검과 대책이 필수이지만 더욱 철저하게 확인하고 지도해야 한다. 학교 안에서 일어나는 작고 사소한 징후들도 세심히 파악하여 사전에 예방하여야 할 것이다.

'재난 대응 안전 한국훈련'이나 민방위 훈련을 해마다 시행해 왔지만, 국민들에게 안전에 대하여 얼마나 경각심을 불어넣어 주는지는 의문이다. 학생들은 훈련을 하면서 생명과 직결된 중요한 훈련이라는 생각은 없는 것 같다. 아이들이나 선생님이나 긴장감은 찾아볼 수 없다. 정신부터가 무장이 안 된 탓이다.

1학년 우는 아이의 얼굴이 자꾸 떠오른다. 그 아이는 우리나라를 어떻게 생각하고 있을까.

(2014. 『제주여류수필』)

제주도민 맞아 마씸

얼마 전 제주도내 유명 관광지를 찾았을 때의 일이다. 매표소에서 제주도민 할인요금을 내자 매표원은 신분증을 보여 달라고 했다. 그날 신분증을 지참하지 못해 순간 난감했지만 밑져야 본전이라는 생각에 "신분증 꼭 보여드려야 허쿠과~? 나 제주도민이우다게. 말 근는거 보믄 알주마씨. 제주도민 맞아 마씸~." 애교 섞인 넉살에 매표원은 빙색이 웃으며 도민 할인티켓을 끊어주었다. 나의 제주어 실력이 제주 도민임을 증명해 준 셈이다. 속으로 '앗싸!'를 외치며 일행들과 보란 듯이 제주어로 수다를 떨며 입장을 했다.

내가 제주 사람임을 부정할 수 없는 것은 제주어로 대화할 때가 편하고 좋다는 것이다. 공식적인 자리에서는 표준어를, 그 외의 자리에서는 제주어를 쓴다. 해외에 갔을 때 한국말이 들리면 귀가 번쩍하듯이 다른 지방에 갔을 때 제주 사투리가 들리면 여간 반가운 게 아니다. 제주어가 사람 사이를 가깝게 만드는 마력을 발휘하듯 친근감이 든다.

수다 떨 때는 역시 제주어가 딱이다. 대화 중 흘러나오는 제주어에는 감칠맛, 정겨움, 속 시원함이 있어서 좋다. 제주어처럼 제주 사람도 그런 정서를 갖고 있다고 해도 과언이 아니다. 제주 사람만이 갖는 억척스러움도 제주어 속에 묻어난다. 제주어로 마음을 풀어놓다 보면 서로의 정은 더 두터워지고 엉킨 실타래도 풀리곤 한다. 특히 부모님을 찾아뵙고 '경했수과? 영했수다.'를 하다 보면 부모님 마음이 내 마음일 때가 많다. 아직은 부모님과 나의 세대에서 언어의 단절은 없으니 다행이지 싶다.

요즘 아이들이 주고받는 말에 제주어를 찾아보기 힘들다. 아이들에겐 제주어가 낯설고 생소한 언어다. 제주어 사용에 대한 세대 단절이 멀지 않았음을 느낀다. 아들딸과는 어느 정도 소통이 되고 있지만, 이후에 손자 손녀들과 제주어로 의사소통을 할 때는 통역사가 있어야 가능할지도 모른다. 지금 살아계신 제주어 세대인 나이 많은 노인들이 돌아가시면 제주어는 점점 설 자리가 없어질 게 뻔하다.

30년 전만 해도 교육청에서 장학활동을 할 때 교사의 언어사용은 표준어라야 한다고 했다. 그때는 당연한 것으로 받아들였다. 누구 하나 제주어가 점점 사라질 거라는 생각은 못 했다. 그러는 사이에 제주어는 점점 추억 속의 언어로 사라져 가고 있다.

'제주어'가 2010년 유네스코의 소멸 위기 언어 진단에서 다섯 단계 중 네 번째 단계인 '아주 심각한 위기에 처한 언어'로 규정됐다는 사실을 알았을 때 가슴이 뜨끔하였다. 자라나는 세대들에게 제주어를 전승해 주지 못한 교육자로서의 자책감 때문이었다. 그동안 제주어 계승에 교육자들만이라도 앞장섰더라면 이런 지경까지 이르지는 않았을 것이다.

호주의 언어학자이자 인류학자인 니컬러스 에번스는 하나의 언어가 사라진다는 것은, 그 언어를 구사한 이들이 고수해 온 전통과 지혜, 그리고 그것을 아우르는 문화의 여러 장면을 한꺼번에 잃는 것이라고 했다. 제주어가 사라지면 제주의 조상들이 살아온 삶과 얼, 정신이 함께 사라져 버리는 것이다.

교육청에서도 '세계 자연박물관 제주 지킴이' 운동을 전개하며 제주어 보전을 위해 노력하고 있는 만큼 우리 학교에서도 나름 제주어 교육을 하고 있다. 지난 10월에는 지난해에 이어 '제주어로 노래 불러보게 마씸' 이라는 행사를 했다. 학급에서 예선을 거쳐 선발된 11개 팀이 본선에 나왔다.

몸짓까지 하면서 제주어로 노래 부르는 모습이 대견스러웠다. 학생들은 제주어로 바꾸어 부르는 노래를 들으면서 재미있어서 키득거리기도 하고 박수를 치기도 했다. 제주어 노래 부르기 행사뿐만 아니라 주 1회 제주어 속담을 안내하고 표준어로 풀이해 주고 있다. 그들이 바로 제주어를 계승해나가야 할 꿈나무들이기에 물들어야 곰바리 잡는 격이 될지 몰라도 꾸준한 지도에 희망을 걸어본다.

30여 년 전 대학교를 마치고 서울에 갔을 때는 내가 제주도에서 왔다는 사실을 알리고 싶지 않아서 서툰 표준어로 '이랬어요? 저랬어요' 를 하며 혀를 굴렸던 기억이 난다. '말은 나면 제주로 보내고 사람은 나면 서울로 보내라' 는 옛말 때문에 제주에 사는 것이 부끄럽고 제주어를 사용하는 것이 또한 부끄럽게 여겨지던 시절이었다. 지금 그 말은 그야말로 옛말일 뿐이다. 천혜의 아름다움으로 세계적으로 인정받게 된 섬, 유네스코 3관왕을 차지한 제주야말로 자연과 사람이 가장 그들답게 살 수 있는 곳이라고 생각한다.

지금은 어디를 가나 "제주에서 왔수다. 제주도 마씸." 하고 거침없이

나를 소개한다. 그 뒤에 따라오는 '좋은 데 사시네요~.' 라는 기분 좋은
말을 듣고 싶어서이다. 그 말의 여운은 오랫동안 나를 행복한 제주도민
으로 살게 하기 때문이다.

(2013. 제주특별자치도─간행물)

내가 있잖아

처음에 이 글을 읽을 때는 큭큭 웃었다. 대리만족 비슷한 것이었다. 이 말을 만든 사람이 누구인지 몰라도 유머치고는 대단한 유머라고 생각했다. 남편을 향한 아내의 반란을 그렇게도 표현할 수 있구나 하면서 쾌재를 불렀다. 남편을 둔 여성이라면 한 번쯤은 박장대소했음 직도 하다. 글의 내용을 빅뉴스처럼 남편에게 이야기했더니 이미 알고 있다며 헛헛하게 웃었다.

남편의 속마음은 어떠할까? 앞에서는 웃고 지나가지만 돌아서면 씁쓸한 기분이 들 것 같다. 어떤 남편은 이 글을 보면서 세상 말세라고 흥분할 수도 있을 것이고, 어디까지나 아내들의 카타르시스를 위한 유머라고 생각해서 너그러이 넘어가는 남편도 있을 것이다.

이 글은 미국 캘리포니아에 사는 한 주부가 집안일에는 신경도 안 쓰며 주말이 되면 골프, 낚시를 즐기기만 하는 남편을 겨냥한 광고에서 시작되었다. '남편을 염가로 양도함. 낚시 도구와 골프채 및 개 한 마리는 덤으로 드림.' 여기서 발전한 것이 '남편을 팝니다.' 이다.

내용은 이렇다.

'사정상 급매합니다. ○년 ○월 ○일 예식장에서 구매했습니다. 구청에 정품 등록을 했지만 명의 양도해 드리겠습니다. 아끼던 물건인데 유지비도 많이 들고 성격장애가 와서 급매합니다. 상태를 설명하자면 구입 당시 A급인 줄 착각해서 구입했습니다. 마음이 바다 같은 줄 알았는데 잔소리가 심해서 사용시 만족감이 떨어집니다. 음식물 소비는 동급에 두 배입니다. 하지만 외관은 아직 쓸 만합니다. 사용 설명서는 필요 없습니다. 어차피 읽어봐도 도움 안 됩니다. A/S도 안 되고 변심에 의한 반품 또한 절대 안 됩니다. 덤으로 시어머니도 드립니다.'

두 번째 읽을 때는 처음처럼 웃을 수 없었다. 이 글이 세상에 떠돌며 또 다른 비슷한 말들을 만들어 낼 것이라는 생각이 들자 무서워지기까지 했다. 이 글을 인터넷에 올린 사람은 그 파장이 얼마나 클지는 생각이나 했을까? 보는 사람이 한바탕 웃고 지나가면 그만인 줄 알았겠지. 벌써 '아내를 팝니다' 가 인터넷에 돌아다니고 있다. 인터넷의 속성으로 볼 때 곧 '자식 팝니다', '부모 팝니다' 가 말놀이하듯 퍼질 것이다. 그나마 남편이나 자식은 어느 정도의 효용가치가 있어서 판다는 용어를 사용하겠지만 늙은 부모는 폐기처분을 한다고 할 것이 아닌가. 웃자고 한 유머라고 하지만 활자화되어 이 사람 저 사람 이메일과 아이폰 화면을 넘나들고 있으니 돌아올 후환이 두려워지기 시작한다.

아내들이 언제부터 남편을 비아냥거림의 대상으로 삼았을까. 자신들이 만들어낸 말들이 부메랑이 되어 다시 돌아온다는 사실을 알아야 할 것이다. 남편을 한갓 물건처럼 생각하는 발상은 결국 아내들도 돈에 의해 팔고 사는 물건과 같은 존재임을 자인하는 것이 아니고 무엇인가? 키우던 애완견도 함부로 내다 팔지 못하거늘 어찌 남편을 판다고 세상에 떠들어댈 수 있단 말인가?

　오래 전에 청량리 매춘골목을 간 적이 있다. 집이라고 해야 할지 가게라고 해야 할지 모르는 쇼윈도에 상품이 진열되듯이 짙은 화장으로 단장한 여성이 칸마다 앉아 있는 장면을 보았다. 성을 팔기 위한 여성들이라는 사실을 알고 섬뜩했던 기억이 난다. 아내들로부터 돈 버는 기계나 물건으로 취급받는 남편들이 쇼윈도에 앉아서 팔려가기를 기다리는 장면을 상상해 보라.

　앞으로 부모를 폐기처분해 주는 대행사, 자식과 남편, 아내를 사고파는 가게가 생기는 날이 올지도 모르는 일이다. 누가 주인이고 누가 팔려갈지는 모르지만, 자신이 쇼윈도에서 누군가에게 팔려가기를 기다리는 장면을 상상하면 오싹하지 않을 수 없다.

　50대의 아내는 반신불수로 거동이 불편한 남편을 위해 한 달 100만 원도 안 되는 월급을 받고 청소용역회사에 소속되어 대학교 청소를 한다. 또 어떤 남편은 치매환자 부인을 헌신적으로 보살피기도 한다. 내가 아는 분은 사고로 식물인간이 된 남편을 몇 년째 보살피고 있다. 이 사람들은 그런 남편이나 부인을 원망하지 않는다. 그저 최선을 다해 그 상황에 맞서 살아갈 뿐이다. 부부로서 맺어진 인연을 소중히 여기며 고통의 늪에서도 좌절하지 않고 꿋꿋하게 살아가는 사람들을 보면 삶에 대하여 더 겸손해지고 숙연해진다.

　마태오복음 13장 30절, '밀과 가라지의 비유'에서 '수확 때까지 둘 다 함께 자라도록 내버려 두어라'라는 구절이 있다. 우리는 상대가 자신과 다른 방식으로 살아가면 마치 본인은 밀이고 상대는 가라지라고 생각한다. 그러나 예수님은 둘 다 함께 자라도록 내버려 두라 하셨다. 상대를 가라지로 보고 서둘러 뽑아버리려는 생각은 오만함에서 나온다. 누가 밀이고 가라지인지는 수확할 때 판명이 날 것이다. 남편이 보기엔 아내가 가라지로 보일 수도 있다. 이 세상 다할 때까지 밀로서 산 사람과 그렇지 못한 사람은 결국 생을 마감하는 날 판가름이 날 것이다. 밀은 양식으로 쓰일 곳간으로 갈 것이고 가라지는 불에 태워질 것이기 때문이다.

서로 사랑하여 부부의 인연을 맺었는데 그 사랑이 식었다거나 또는 효용가치가 없다는 이유로 쓰다 버리는 물건처럼 인연을 끊을 수가 있는가. 부부가 한평생을 사는 데 어찌 좋은 일만 있겠는가. 남편이 나를 할퀸다고 생각할 때는 어떤 아내가 가만히 있을까. 물리적으로는 못하지만, 심리적으로는 무슨 짓이라도 할 수 있다. 남편을 겨냥해 독화살을 날리기도 하고 소리 없는 총을 겨누기도 한다.

그러나 남편이기에 어쩌랴 하는 마음으로 함께 나이 들어가는 남편을 측은지심으로 바라보게 된다. 그러면 숨겨져 있던 남편에 대한 고마움이 스멀스멀 기어 나온다. 그중에서도 잊히지 않는 한 마디는 "내가 있잖아."이다. 오래 전 깊은 좌절과 고통의 늪에서 울부짖을 때 남편은 '내가 있잖아' 그 한 마디로 나를 일으켜 세웠다. 남편은 나의 어떤 말을 기억하고 있을까? 힘을 얻는 한 마디가 있기는 한지, 아니면 비수 같은 한 마디를 가슴에 품고 있지는 않은지 생각해 본다.

(2011. 10. 『월간문학』)

별수 없는 사람

세간에서 행복전도사라고 불리던 여자가 남편과 함께 스스로 목숨을 끊었다. 뜻밖의 소식에 가슴이 아프고 안타까워 한동안 가슴이 멍했다. 단발머리에 소녀 같은 밝은 미소로 시청자들 앞에 나타났던 그녀의 모습이 선하다. 매사를 긍정적 시각으로 바라보고 해석하는 그녀의 인생관이 좋았고, 꾸밈없이 털털하게 풀어내는 그녀의 진솔함이 또한 좋았다. 그녀는 삶의 고단함을 치료하는 처방으로 늘 희망과 행복을 말해 왔다. 그래서 행복전도사라는 별명까지 얻었지 않았던가. 적어도 그녀라면 어떤 불행도 마인드 콘트롤하여 행복으로 바꾸어 의연하게 잘 살아갈 것 같았다. 그런 그녀가 질병의 고통 앞에 무릎을 꿇고 스스로 생을 포기하였으니 그녀도 별수 없는 사람이었다는 생각이 든다.

그녀는 몇 년 전부터 '홍반성 루푸스'라는 병에 걸려 투병 중이었다. 그 병은 면역계의 이상으로 인해 면역계가 자신의 인체를 공격하는 질환으로 근육이 점점 마비되어 가고 그에 따른 고통이 극심한 병이라고 한다. 그녀는 유서에서 칠백 가지의 고통을 겪어본 사람은 그녀의 죽음을 이해할 것이라고 했다. 그 말이 변명으로 들리는 까닭은 내가 그녀의 삶을 온전히 이해하지 못하고 있기 때문일 거다. 어떤 사람도 자살한 사람의 고통을 다 헤아리지 못할 것이다. 그저 얼마나 고통스러웠으면 죽음을 택했을까 하고 한 사람의 죽음을 쉽게 이해하려 할 뿐이다.

자살을 선택한 사람들을 생각하면 안타깝기도 하지만 한 편으로는 무책임하다는 생각도 든다. 스스로 목숨을 끊는 행위는 생명에 대한 경외심이 없는 교만함에서 나오고, 죽음은 현세의 고통을 피해서 달아나는 피난처가 아니기 때문이다.

살다 보면 왜 죽고 싶을 때가 없겠는가? 삶의 무게에 짓눌려 너무나 고통스러울 때는 삶에 의미가 없어지고 죽고 싶을 때도 있다. 하지만 생명은 내게 주어진 것이지만 내가 마음대로 할 수 있는 것이 아니다. 창조주께서 주신 것이기에 이승에서 거두어 갈 때까지 최선을 다해 살 뿐이다.

모든 피조물의 탄생과 소멸은 창조주의 소관이기에 삶과 죽음도 그러하다. 창조주가 개인마다 태어남과 죽음에 대한 선택권을 주셨다면 세상은 어떻게 될까. 아마도 가난이나 질병으로 고통 받는 사람도 없고 모든 사람은 권세를 누리거나 행복한 집안에 태어나 즐기면서 살다가 삶이 싫증 날 때쯤 죽음을 불러들여 그를 따라갈 것이다. 창조주께서 우리에게 그런 권한을 주시지 않는 것은 생명 그 자체가 고귀한 것이고 언제 죽을지 모르는 인생이므로 생명이 있는 한 최선의 삶을 살라는 뜻일 게다.

고통의 피난처를 찾다 보면 죽음이라는 유혹에 넘어갈 수도 있다. 그러나 그 고통을 이겨내고 견디어 내는 삶이 진정 가치 있는 삶이다. 정도의 차이는 있겠지만, 지구촌 모든 사람은 십자가 하나씩은 지고 인생길을 간다. 그 십자가의 무게는 사람마다 다를 수 있다. 가장 본능적인 배고픔의 고통, 질병으로 희망을 잃고 하루하루를 견디어내는 고통, 사랑하는 가족을 잃은 고통, 남으로부터 억울한 누명을 쓰고 사는 사람들의 고통 등이다. 이러한 고통을 안고 사는 이들도 때론 죽고 싶을 것이다. 그러나 우리의 인생이 달면 삼키고 쓰면 뱉을 수 있는 것이 아니기에 기구한 역경을 잘 견디어냈을 때 결국 한 사람의 인생이 아름다울 수 있다. 역경을 딛고 일어선 사람들의 이야기가 우리를 감동하게 하는 이유도 거기에 있다.

서울대 곽금주 심리학과 교수는 "아무리 낙천적인 성격의 소유자라 하더라도 노년기에 접어들면 기본적으로 심리가 불안해지고 질병으로 인한 우울함과 무기력감이 오히려 더 클 수 있다."고 말한 바 있다. 질병으로 인한 정신적, 생물학적 고통은 인간의 이성마저 갉아먹기에 우울증이라는 또 다른 침입자가 그녀를 죽음으로 몰았으리라고 믿고 싶다. 그래야 그녀의 죽음이 덜 욕되기 때문이다.

세상에 태어난 모든 사람은 죽는다. 이 보편적인 진리를 거스를 사람은 한 사람도 없다. 생로병사(生老病死)라는 말은 그냥 나온 말이 아니다. 생이 다하는 순간까지 건강하게 살다가 죽음을 맞이할 수 있으면 그 이상 좋을 순 없지만, 대부분 늙으면 질병이 찾아온다. 나이가 들면서 병들어 죽는 것은 극히 자연스러운 것이다. 질병에 걸리면 고통이 함께 찾아온다. 그 고통의 정도는 말로 표현하기 힘들 정도로 다양하고 각양각색이다. 사람마다 느끼는 정도와 양상이 다르기에 수천 가지는 될 것이다.

그러나 고통스럽다고 창조주로부터 받은 자신의 목숨을 모질게 끊어버리는 것은 삶에 대한 최소한의 책임도 지지 않으려는 이기적인 행동이라는 생각을 버릴 수가 없다. 죽으려 하지 않아도 죽는 게 인생인데 창조주께서 주신 생명을 온전히 잘 지탱하다가 거두어 갈 때까지 건강하게 살 수 있기를 빌어본다. 설령 질병의 고통이 찾아와 나의 이성을 마비시켜 죽음의 유혹을 받더라도 고통을 감내하고 견디어내어 생과 이별하는 순간까지 보잘것없는 인간의 모습으로 살아있음에 감사할 수 있었으면 좋겠다.

(2010. 하반기. 『제주문학』 53집)

꽃 선물

봄은 유독 신록의 잎들이 사랑스럽고, 피어나는 꽃송이가 대견하게 느껴지는 시기이다. 햇빛에 빛나는 어린 잎들과 소담스럽게 핀 꽃들은 언제 보아도 아름답다. 식물의 자람을 바라보는 일은 희망을 품는 것과 같다. 어린 잎들은 더 자랄 것이요, 때가 되면 꽃이 피고 열매를 맺을 것이기 때문이다.

필자는 요즘 창가의 화분과 초록 운동장을 뛰어노는 아이들을 보면서 행복을 느낀다. 화분에 꽃식물이 잘 자라서 꽃이 피기를 바라듯이, 아이들도 훌륭히 자라 아름답게 인생을 펼쳐 나가길 바란다.

학교에서 운전하시는 선생님이 손수 만든 화분에 꽃을 심어서 주셨다. 허브, 선인장, 넝쿨식물, 둥굴레 꽃이 술병이나 열대과일, 전복껍데기 등에 심어져 창가로 왔다.

선물 받은 것이기에 그 화분들은 나에게 의미 있는 대상이 되었고 관심을 가지고 보살피게 되었다. 한 번 제 몫을 다한 물건들이 다시 화분으로 재탄생된 배경을 생각하며 서 선생님의 반짝이는 아이디어에 감탄하지 않을 수 없었다.

화분의 처지에서 보면 버려져 쓰레기로 가야 할 것을 쓸모 있는 화분으로 만들어준 서 선생님께 감사할 일이요, 나 또한 그런 화분과의 인연을 소중하게 생각하지 않을 수 없다. 세상에 유일한 화분이라고 해도 무방할 일이기 때문이다.

살아있는 생명체를 선물하는 것은 잘 자라기를 바라는 마음까지 선물하는 것이다. 그래서 더 정성껏 보살필 수밖에 없다. 선물 받은 화분이라서 잘 자라라고 주문을 걸며 보살피는 일을 게을리하지 않았다. 그런 나의 마음을 알았는지 하루가 다르게 점점 짙은 잎을 자랑하며 자라고 있다.

더 대견한 일은 선인장이 꽃을 피운 것이다. 손가락 모양이라서 손가락 선인장이라고 하는데, 손가락 사이로 꽃을 피웠으니 대견할 뿐이다. 그 꽃을 보는 순간 나의 가슴에도 신록이 반짝거렸고, 꽃다발을 받은 것처럼 환희가 왔다. 꽃이 주는 마력이 얼마나 큰지 그 꽃을 볼 때마다 가슴에서 단물이 흐르는 것같이 기분이 좋아진다.

결혼하고 처음으로 남편에게서 장미꽃다발을 받았을 때의 감동은 생생하다. 늦은 밤 술을 마신 남편은 평상시와 다르게 집 앞으로 마중을 나오라고 했다. 어두컴컴한 거리에서 남편은 등 뒤에 숨겼던 장미꽃다발을 내 앞에 내밀었다.

그는 난생처음 꽃을 사려니 쑥스러워서 아는 선생님과 함께 가서 샀노라고 했다. 꽃을 선물 받고 싶다는 나의 말을 기억했다가 술의 힘을 빌려 실행에 옮긴 것이었다.

나는 꽃다발을 선물하는 것은 낭비라고 생각했던 때가 있다. 금방 시들어 버릴 꽃을 선물하느니 그에 상응하는 물건을 선물하는 것이 낫다

80

김순신 수필집

는 생각을 했다. 눈에 보이는 효용성만을 생각했기 때문이다.

그러나 그때의 꽃다발의 효과는 돈의 가치로 따질 수 없을 만큼의 효과를 발휘했다. 꽃다발은 받는 사람에게 존재감을 일깨워주고 충만감을 느끼게 한다. 한 단의 꽃다발을 받는 순간 그 사람은 꽃과 같이 아름다워진다. 그리고 그 사람의 가슴에서도 행복의 꽃, 감사의 꽃이 피어난다.

서귀포 지역에 근무할 때다. 중학교 친구가 화분을 들고 학교를 방문했다. 세 가지 식물을 조화롭게 심은 예쁜 도자기 화분이었다. 책상 위에 두고 보면서 한동안 친구를 생각하며 잘 키웠는데, 1년이 넘자 힘이 다하였는지 죽어 버렸다.

분갈이를 잘 안 해 주어서 그런 일이 일어난 것 같아 친구에게 미안한 마음이 들어서 대신 다른 꽃을 심었다. 지금도 그 화분을 볼 때마다 그 친구의 정을 생각하게 된다.

책상 위 유리컵에 꽂혀 있는 노란 잔 꽃송이가 아이들처럼 환하다. 청소하시는 박 선생님이 꽂아 놓았단다. 박 선생님은 종종 그렇게 깜짝 선물을 하신다. 두 분 선생님께 고마운 마음은 행복한 표정을 가득 담고 '고맙습니다.' 라는 말로 대신하고 있다. 꽃은 이렇게 마음을 전달하는 수단으로써 언제 보아도 좋은 것이다.

여고시절 한 때 과학 선생님을 좋아했었다. 그때 처음으로 선생님 책상 위에 몰래 꽃을 꽂은 적이 있다. 과학 선생님 책상 위에는 이렇게 몰래 꽂아 놓은 꽃이 늘 있었다. 그만큼 많은 학생이 선생님을 좋아했었다.

축하와 감사의 마음으로 꽃을 주고받는 일은 기분 좋은 일이다. 교감 승진발령을 받았을 때 축하의 꽃을 보내준 여러 지인의 고마움은 아직도 잊지 못한다. 생을 다하여 없어진 꽃도 있지만 내 기억창고에는 여전히 행복한 추억으로 남아있다. 그중에서도 뜻하지 않은 분이 보내준 꽃 화분이 더 오래 기억에 남는다.

꽃을 받으면 그 꽃은 받은 사람에게 의미 있는 존재가 된다. 그것은 꽃을 준 사람과 그 꽃이 동일시되어 사랑의 대상으로 다가오기 때문이다. 꽃은 보는 이를 행복하게 하는 그 자체만으로도 충분히 사랑 받을 만하다.

누구에게나 안겨서 그를 빛나게 해 주는 꽃다발의 영광이 아니라도 혼신의 힘으로 오롯이 피어나, 보는 이에게 자신을 통째로 봉헌하는 꽃을 보며 꽃에 대한 예의를 생각한다.

그래서 시든 꽃도 함부로 버리지 못해 모아두기도 하고 절에 가서 버리거나 불에 태운다는 사람도 있다.

시인 김춘수는 '꽃의 소묘' 라는 시에서 꽃을 '대낮에 불을 밝히고', '사랑도 없이 스스로를 불태우고도, 죽지 않는 알몸으로 미소하는' 것으로 표현했다. 사랑도 없이 스스로를 태우는 것이 아니라 사랑하기에 피어나 미소 짓는 게 아닐까. 그리고 그 시에서 '아가씨들의 肝을 쪼아먹는다' 로 표현한 구절이 있는데 참으로 역설적이 아닐 수 없다.

3월에 교장선생님이 발령받고 오시자 축하 화분이 즐비하였다. 교장선생님은 그 화분을 각 교실과 복도, 교무실로 보냈다. 덕분에 선생님들은 꽃 감상과 그 향기에 취할 수 있었다. 지금도 화분마다 제각각 제 몫을 다하여 꽃이 핀 것도 있고 초록 잎으로 보는 이들을 즐겁게 하고 있다.

초록 잔디운동장에서 뛰어노는 아이들이 꽃처럼 아름답다. 그 아이들에게 잘 자라주기를 바라는 주문을 걸어본다. 신록이 짙푸른 숲을 이루고 어린 풀이 자라 꽃을 피우듯이, 아이들도 장차 이 땅의 일꾼으로 어디서든 아름다운 꽃의 열매를 맺을 것이다. 아이들을 가르치는 일은 가슴에서 신록을 키우며 꽃이 피고 열매 맺기를 희망하는 일이다. 창가의 꽃 화분과 매일 눈을 맞추듯 진정 사랑으로 보살피고 함께 호흡할 때, 저 아이들도 언젠가는 아름다운 꽃으로 피어날 것임에 틀림없다.

(2011. 여름.『교육제주』)

43년 만의 고백

그녀의 이름 석 자는 내 기억창고에서 늘 뛰어놀고 있었다. 동그란 얼굴, 보드라운 피부에 맑은 눈망울, 야무진 입가의 보조개를 가진 그녀를 보고 싶다는 생각은 오랜 세월이 흘러도 사그라지지 않았다.

1960년대 시골학교에서는 그녀가 서울에서 전학을 왔다는 이유만으로도 동경의 대상이 되기에 충분했다. 더 부러웠던 것은 그녀가 지프차를 타고 학교에 다닌다는 것이었다.

그녀는 지금의 난지농업연구소 ─그 당시에는 제주농업시험장이라고 불렀다.─ 관사에 살았다. 아버지가 직책이 높았는지 운전사가 차로 등하교를 시키면서 가끔 정실부락에 사는 아이들도 함께 태워 오기도 했다. 그 차를 타 보고 싶은 마음에 그녀와 같은 동네에 살았으면 좋겠다는 생각을 했었다.

집에서 시골 비포장도로를 따라 사십여 분을 걸어야 학교에 도착하는 필자로서는 더욱 부러울 수밖에 없었다. 비가 오는 날에는 아랫도리 반은 젖은 채로 수업을 받아야 했던 나와는 달리 그녀는 비가 오나 눈이 오나 옷차림은 늘 맑음 그 자체였다. 소풍날 그녀의 도시락 반찬도 나오는 차원이 달랐던 것으로 기억된다. 그때 처음으로 우리 아버지도 공무원이었으면 좋겠다는 생각을 했다.

그녀를 늘 동경하면서도 마음을 터놓을 시간은 별로 없었다. 그녀는 고무줄놀이도 잘 하지 않았고, 수업이 끝나면 그 지프차가 그녀를 태워 갔기에 다른 친구들과 함께 놀 시간이 없었다.

그렇게 몇 년 동안을 가까이하기엔 너무 먼 당신처럼 지냈다. 그녀도 속마음은 몰라도 친구들에게 살갑게 다가가지는 않았던 것으로 기억된다. 6학년 때 그녀는 다시 서울로 전학을 갔다. 전학을 간다는 말에 가슴이 철렁하였고 서운함이 한꺼번에 밀려왔다. 그러나 별다른 말은 하지 못했다.

그 후 그녀의 소식을 아는 친구는 아무도 없었다. 가끔 동창회에 가서 그녀의 소식을 물었지만 소용이 없었다. 한때 그녀를 인터넷을 통해 찾아볼까 하는 생각을 한 적이 있다. 그녀를 보고 싶어하는 나의 속내는 초등학교 때 이루지 못한 서울 소녀와의 친분을 이제라도 다시 만들어 보고 싶었던 것 같기도 하고 내 마음을 털어놓을 만할 때 떠나버린 그녀에 대한 미련이었는지도 모르겠다. 문득문득 그녀의 가녀린 모습이 떠올랐고 그녀가 보고 싶었다.

시간이 갈수록 그녀를 영영 못 만나겠구나 하고 체념할 때쯤에 기적 같은 일이 일어났다. 서울에 사는 남자 동창이 그녀를 우연히 만났다는 게 아닌가. 카페에는 사진까지 올라와 있었다.

내 기억 속의 그녀의 모습과는 사뭇 다른 중년의 아줌마가 웃고 있었다. '아니 이 사진이 정말 옥이란 말인가? 옥이 맞아?' 찬찬히 살피고 살피면서 그녀의 옛 모습을 찾아내려고 애썼다. 그러나 초등학교 때 그

43년 만의 고백

녀의 모습은 찾아낼 수 없었다.

　그 사진을 본 후 옥이를 만나야겠다는 생각이 비가 온 뒤의 죽순처럼 솟아올랐다. 마침 서울 갈 일이 있어서 그녀의 연락처를 알아내고 우리는 43년 만에 만나게 되었다. 그리움 속에 늘 묻혀 있던 그녀가 나를 만나러 한걸음에 달려왔다. 둘이는 그냥 얼싸 안았다. 그리고 나서야 서로의 얼굴을 찬찬히 바라보았다. 나와 별반 다르지 않은 50대 아줌마의 모습으로 나타난 그녀. 그녀는 평범한 중년의 모습으로 변해 있었다. 그녀라면 적어도 외모에서 만큼은 서울 멋쟁이가 되었을 거라고 생각했었다.

　초등학교 때는 정말 예쁘고 귀여운 아이였는데, 막상 내 앞에 있는 그녀의 모습은 수수하고 단아한 대한민국 아줌마의 모습이었다. 우스갯소리로 하는 미모의 평준화 나이가 50대라던데. '50대가 되면 고운 년이나 미운 년이나 다 같아진다.'는 말이 떠올랐다.

　비로소 그녀와 내가 대한민국 50대의 아줌마로서 평준화되었다는 것이 나를 편안하게 했다. 오랫동안 만나지 못했어도 우린 지난 시간 동안 삶을 공유한 사람처럼 지나온 이야기를 나눌 수 있었다. 그것은 그녀의 삶이나 나의 삶이나 모양새야 어떻든 속은 다르지 않음을 느꼈기 때문이리라. 만약 그녀가 세련되고 멋진 서울깍쟁이처럼 보였다면 아마 나는 또다시 그녀를 가까이하기엔 너무 먼 당신으로 여기고 말았을 것이다.

　초등학교 때의 동창들을 보고 싶었다는 옥이, 서로의 삶의 깊이를 다 이해할 순 없었지만 둘은 고개를 끄덕이며 서로를 격려했다. 그녀와 나의 지난 43년의 세월을 풀어놓기엔 시간이 너무 짧았다. 곤드레나물밥을 앞에 놓고 옥이에게 고백하였다. 초등학교 때 너를 부러워하였고 또

한 좋아하였다고.

　제주에 내려와서 그녀에게 맛있는 감귤을 보냈더니 보답으로 또 맛난 것을 보내왔다. 그녀가 보낸 음식을 먹을 때마다 그녀의 정이 겹겹이 쌓인다. 자주 만나 따뜻한 커피를 앞에 놓고 지난 시간 속의 추억들을 하나하나 되씹고 싶은데 그러지 못함이 아쉽기만 하다.

(2012.『애월문학』)

올레길에서

학기 초라 몸도 바쁘고 마음도 복잡하다. 이럴 때일수록 나를 격려할 필요가 있다. 주말을 이용하여 용수성당에 들러서 성체조배도 할 겸 12코스 올레길을 걷기로 하고 집을 나섰다.

도로를 지나치는 밭담과 곡식들이 정겹다. 해안도로로 들어서자 바다가 더 가까이서 맞는다. 출렁이는 파도와 그와 장단을 맞추는 바닷가의 돌들이 즐거워 보인다.

주거니 받거니 하며 무슨 말을 하고 있을까 궁금해진다. 아무래도 파도가 말을 더 많이 하고 돌은 묵묵히 들어줄 것 같다. 변화하는 세태에 그 자리를 지키기란 쉽지 않은 세상인데 저 돌들은 받아들임의 미학을 일찌감치 터득한 터이다.

용수리 포구는 한국 최초의 신부님인 김대건 안드레아가 상해에서 사제품을 받고 서해로 귀국하는 길에 풍랑을 만나 잠시 표착했던 곳이다. 차를 세우고 성당 마당으로 들어서자 그분의 동상과 그분이 탔던 배 라파엘호가 눈길을 끌었다.

잠시 김대건 신부님을 생각했다. 열다섯 살에 신학을 공부하러 중국으로 떠났고, 세례를 받고 천주교 박해가 심할 때 한국에 들어와 1년여를 전교하다가 25세의 젊은 나이로 순교하신 분. 내가 여기에 서 있는 것도 그가 남긴 순교의 피가 오늘날 한국 천주교인들의 가슴에도 면면히 흐르고 있음이다.

봄의 온기를 느끼기엔 아직은 이르지만 스치는 바람이 상쾌하다. 고산 수월봉을 향해 걷는데 60대쯤으로 보이는 남자가 어느새 동행인이 되어 속내를 털어놓는다.

서울 토박이인 그는 몇 년 전 제주에 관광 왔다가 교통사고를 당하고 제주도에서 병원 신세를 지게 되었단다. 퇴원 후 서울로 올라갔는데 왠지 자꾸 제주도가 눈에 밟히더란다. 결국 아내와 의기투합해서 제주에 내려왔고, 서울에는 일 년에 두어 번, 꼭 가야 할 때만 다녀온다면서 제주가 살아 보니 정말 좋은 곳이란다. 그야말로 노후를 제주에서 즐기면서 사는 사람이었다. 올레길도 걷고 낚시도 하면서 그 동안 열심히 달려온 인생을 위로하는 것 같았다.

자연친화적인 삶을 추구하는 사람들은 노후를 제주에서 보내고 싶어한다. 경제적으로 뒷받침되는 사람들에게는 가능한 이야기이다. 그게안 되는 사람들은 잠시 힐링하러 오기도 하고 아예 귀농하여 철저한 농부로 살기도 한다.

한경면 저지리에 문화예술인 마을이 조성된 이후에 점점 많은 예술인이 제주에 정착하고 있고, 최근에는 이효리를 비롯한 인기인들도 제주에 정착하고 있어서 홍보효과가 더 커지고 있다.

어쨌거나 제주가 자연환경도 좋고, 예술 활동을 하기에도 안성맞춤인 곳으로 자리 잡는다면 일석이조다. 제주가 언젠가는 자연과 예술이

공존하는 힐링의 섬으로 불리는 날이 올 것이다.

　수월봉 정자에 앉으니 천당이 따로 없다. 바다는 은빛 융단처럼 반짝거리고 차귀도의 자태 또한 아름답다. 고산 마을은 한 폭의 그림이다. 스치는 바람에 땀도 날아갔다.

　새삼 보이는 모든 것이 감사하고 고맙다. 산과 바다, 들도 모두가 나를 위로해 주는 친구다. 사람 사이의 관계는 좋을 때는 한없이 좋다가도 언젠가는 멀어지게 되고 때론 서로에게 상처를 주기까지 하지만 자연은 늘 한결같아서 좋다.

　내가 다가가면 그도 다가오고 내가 멀어지면 그도 멀어지는 자연스러운 섭리는 서로에게 상처를 주지 않는다. 그래서 사람들은 인간사에서 해결되지 못한 일들을 자연에서 치유받고자 올레길이나 산, 바다를 찾는지도 모른다.

　산티아고의 순례길처럼 제주의 올레길도 찾는 사람들에게 순례의 길, 치유의 길이 되고 있다. 필자가 올레길을 찾는 까닭도 마찬가지다. 걸으면서 만나는 작은 들꽃, 돌담에게도 푸념하고, 출렁이는 바다, 우뚝 솟은 산에게도 하소연한다. 때로는 짧은 인연으로 만나는 동행자들에게도 속내를 내비친다.

　그 때마다 밟히는 작은 돌멩이나 들꽃이 속삭이듯 나를 위로할 때도 있고, 산이 대답할 때도 있다. 때로는 바다가 소리칠 때도 있다. 늘 위안만 주는 것이 아니라 따끔한 채찍으로 나를 정신 차리게도 한다.

　그렇게 올레길을 걷고 목적지에 다다르면 지나온 길이 인생길처럼 펼쳐진다. 신작로도 걸었고, 먼지 나는 흙길도 걸었고, 돌길, 모래밭, 자갈길, 곧은 길, 굽은 길, 오르막길, 내리막길 등을 걸어왔음을 안다. 인생길도 그러하다.

하느님께서는 결코 평탄한 길만 걷게 하지 않는다. 다만 그런 길들을 기꺼운 마음으로 걸어가게 할 힘을 주신다. 하느님의 섭리를 이해한다면 인생사가 험난하다고 결코 탓할 수 없다. 너무 가파르다 싶으면 내리막길이 보이고, 걷다가 배고프다 싶으면 음식점을 만나게 해주니 이 어찌 감사하지 않을 수 있는가?

(2014. 3)

사랑이와 믿음이

친정집 강아지가 방금 목욕했다. 온몸으로 푸르륵 물기를 터는 모습이 기분 좋아 보인다. 며칠 전만 해도 먼지 머금은 털이 갈회색이 었는데 흰색을 되찾았다. 사람도 목욕하고 나오면 화색이 돌고 피부가 반들반들하듯이 강아지도 그러하다.

새끼강아지로 온 지 석 달 정도 되었는데 그 사이 많이 커서 제법 의 젓해졌다. 동생은 목욕시킬 때 강아지가 너무 고분고분하더란다. 그 동 안 많이 씻고 싶었음을 말해 주는 거다. 목욕하는 호사를 강아지도 은 근히 즐겼음을 알 수 있다.

말쑥해진 강아지를 보니 우리 집 개가 떠올랐다. 밖에서 키우는 개라 고 목욕 한 번 못 시켜 주다 보니 흰 털이 뿌옇게 된 사랑이와 믿음이가 불쌍하다는 생각이 들었다. 사랑이와 믿음이는 우리 집 개 이름이다. 산책은 남편이 어쩌다 한 번씩 데리고 나가지만, 목욕은 거의 시킨 적 이 없다. 사랑이와 믿음이에게 내가 해 주는 것은 고작 밥 챙겨주는 일 과, 가끔 회식자리에서 먹다 남은 뼈다귀 몇 개를 갖다 주는 일이 고작이다.

반려동물도 어찌 보면 가족과 같은 존재인데, 밥 주는 것으로 의무를 다하는 방임형 주인을 만났으니 우리 집 개의 팔자는 상팔자는 못 된다. 사람 같았으면 가출을 하거나 집 지키는 일에 대하여 파업을 할 만도 한데, 주인이 나타나면 그저 좋아서 안절부절 못하고, 어쩌다 쓰다듬어 주면 발랑 드러누워 은근히 주인의 손길을 즐긴다.

하지만 주인은 개와 놀아줄 시간에 인색하니 눈길 한 번 주고 집 안으로 들어가기가 바쁘다. 그래도 일편단심 주인밖에 모르는 그 충정을 주인은 다 헤아릴까. 아들딸이 어렸을 때 애완견 한 마리를 키운 적이 있다. 가족 사랑을 기원하며 '사랑이'라는 이름을 붙여주고 잘 보살폈다. 하얀 털이 보드랍고 눈이 유난히 맑았던 그 개는 식구들의 귀여움과 사랑을 독차지했다. 외출에서 돌아오면 온몸으로 반기며 품에 안겨서 핥고 비비며 좋아했다. 이렇게 사랑이는 애완견으로서 당당히 우리 가족의 일원이 되었다.

어느 날 사랑이가 불의의 사고로 목숨을 잃었다. 집 앞에 다가온 주인의 차 소리를 듣고 3층에서 달려 나온 게 화근이었다. 쌩 지나간 차를 원망할 새도 없이 사랑이는 그렇게 가 버렸다. 그 상황을 목격한 나는 한동안 충격에서 벗어나지 못했고 다른 식구들도 오랫동안 사랑이의 빈자리를 그리워했다. 어디선가 개는 좋은 것만 기억한다는 글을 본 적이 있다. 사랑이의 사진을 보면서 부디 우리 가족과의 좋았던 추억만 간직하기를 기도했다. 그런 일이 있은 후 애완견을 키울 생각이 없어졌다.

제주시내에서 살다가 구엄으로 이사를 오게 되자 개를 키워야겠다는 생각이 들었다. 단독주택이라 개가 있으면 든든할 것 같아서였다. 아는 분을 통해 혈통이 좋은 진돗개 한 마리를 들여왔다. 개에도 족보가 있는 줄 그때 처음 알았다. 우리 집에 온 진돗개는 하얀 몸통에 꼬리가 쫑긋하고 눈이 초롱초롱해서 처음 볼 때부터 마음에 쏙 들었다. 전에 키우던 사랑이를 생각하며 그 개의 이름을 다시 '사랑이'로 지었다.

그 사랑이가 누군가와 사랑을 나누고 새끼를 낳았다. 철조망 안에 있었는데 어떻게 사랑을 나누었는지 둘만이 알 일이다. 새끼 중 한 마리의 이름을 '믿음이'로 지었다. 그 믿음이는 의젓한 잡종 진돗개로 자라 과수원집으로 보내졌다. 가 버린 믿음이 대신 또 다른 믿음이가 들어왔다.

어느 순간부터 배설물 치우는 일, 개밥 주는 일이 점점 귀찮게 느껴졌다. 그 일도 작은 일이 아니다. 배설물 치우는 일은 주로 남편이 했고 밥 주는 일은 내가 했지만, 사랑이와 믿음이에 대한 관심은 점점 멀어져갔다.

하루는 개밥 주는 일을 남편에게 부탁했더니 울컥하며 화를 냈다. 개밥보다 남편 밥이나 잘 챙겨주라는 시위인 듯싶었다. 회식이나 경조사, 모임 때문에 식사를 같이하지 못할 때가 더러 있다. 남편 밥보다 개밥 걱정부터 한다고 생각했을 만도 하다. 남편은 배고프면 스스로 챙겨 먹을 수 있지만, 개는 안 주면 굶는 수밖에 없기에 개를 더 챙기는 것은 당연하다. 개는 한 끼 안 먹어도 걱정 없다면서 본인은 한 끼에 목숨 걸 듯하는 남편에게 '이다음에 개로 태어나 밥 안 주는 주인 밑에서 쫄쫄 굶어봐야……' 하고 중얼거리고 나니 속이 좀 후련했다.

이 봄이 가기 전에 사랑이와 믿음이를 위해 주인이 한턱 쏘아야겠다. 목욕 한 번 시켜주고 목줄을 잡고 달랑달랑 해안도로 다녀오는 것으로.

(2011.『제주여류수필』)

그와의 이별

마당이 선혈로 낭자하다. 다만 그 피가 붉지 않고 흐르지 않을 뿐이다. 잘린 토막들이 팔다리와 뼈 마디마디를 연상케 한다.

2013년 여름 재선충이 제주도를 휩쓸어 갈 때 마당의 소나무도 그 병마를 피해 가지 못했다. 여름 뒤끝부터 잎이 조금씩 갈색으로 변하는 조짐이 있어서 덜컥 겁이 났다. 수산봉 소나무들이 먼저 붉은빛을 띠더니 결국 제주도 전역이 소나무 재선충으로 재앙을 만났다. 우리 마당까지 불똥이 튀리라고는 생각 못했다. 특별한 도리가 없어 가슴앓이를 할때 누가 나무뿌리에 막걸리를 부으면 낫는다는 말을 했다. 지푸라기라도 잡는 심정으로 막걸리 몇 병을 쏟아 부었다.

"제발 살아만 다오."

간절한 바람은 허공으로 날아갔고 하루하루 힘겹게 버티다 결국 한점 초록까지 다 내어주고 붉은 소나무로 서 있다.

마당의 나무 중 가장 믿음직스러웠다. 언제나 푸르러서 좋았고, 한설북풍에 날아온 눈의 무게에도 의연하였다. 가슴을 후비는 태풍에도 요란하지 않았다. 그렇다고 사철 무덤덤한 것은 아니다. 봄이면 여린 솔순을 뻗어 올려 봄을 느끼며 하늘과 더 소통하고자 했고, 솔방울을 키우며 계절을 알렸다. 여름 땡볕에 그늘을 내주고도 생색내지 않았고, 오가는 새들에게도 한결같았다. 자신의 향기를 송편에 내어주기 위해 뜨거운 솥에 들어가는 것도 마다하지 않았다. 그런 그를 나는 좋아했다. 마당 한편에 그가 서 있다는 것만으로도 나는 든든했고 우리 집은 그로 인해 운치가 더했다.

그런 그가 원하지 않는 재앙을 만나 붉은 소나무로 변했다. 푸르렀던 기상만큼이나 그 절개도 강하여 죽어서도 모양새는 변함이 없다. 그 형상이 살아 있는 것처럼 꼿꼿하여 죽은 나무라고 믿어지지가 않았기에 조금 더 두고 기다렸다. 혹시라도 어디에선가 초록 잎이 다시 나지 않을까 보고 또 보았지만 시간이 지날수록 허망함뿐이었다.

바위에도 뿌리를 내리고 한설 북풍에도 끄떡없다는 나무가 소나무인지라 병마도 거뜬히 이겨낼 줄 알았다. 처음에는 단풍 소나무라고 최면을 걸면서 살아있다는 듯이 바라보았다. 그러나 생명이 없는 나무를 바라보는 시간이 길수록 주검을 방치하는 것 같아 조금씩 미안한 마음이 들었다.

톱날에 의해 눕혀진 나무의 몸체가 마당 가득이라 그 나무의 크기가 실감이 났다. 불구덩이 속으로 들어갈 채비로 더 잘게 잘렸다. 톱 소리는 아우성이요, 톱밥은 피다. 통나무, 굵은 가지, 잔가지, 솔방울은 몸통, 팔, 다리, 뼈마디, 손이다. 그와의 이별의식은 이렇게 끝났다.

마당의 그는 시야에서 사라졌지만, 그루터기와 뿌리는 그대로 있다. 호랑이는 죽어서 가죽을 남기고 사람은 이름을 남긴다고 했듯이 소나무는 죽어서 그루터기를 남긴 셈이다. 그 자리가 허전하다. 그 그루터기에서 혹은 뿌리 끝 어디선가 부활하듯 새순이 돋는 환희의 시간이 올지도 모른다는 상상을 하곤 한다.

살다 보면 이별은 예고 없이 찾아오고, 이런저런 이별 앞에 우리는 상실감에 아파한다. 대상이 누구이건 죽음으로 인한 이별을 의연하게 받아들이는 일은 쉽지 않다. 아픔의 크기야 조금씩 다르겠지만 아프지 않은 이별은 없는 것 같다. 한동안은 소나무와의 이별이 마음 한쪽에서 서늘한 그림자로 자리 잡았다.

2013년 제주도민들은 주변의 수많은 소나무를 떠나보냈다. 많은 인력과 경비로 재선충 소나무를 제거했지만, 올해도 제주도 곳곳에는 붉은 소나무들이 점점 더 많아지고 있다. 산과 들, 오름, 언덕, 도로변 등 어디에서나 푸르른 기상을 자랑하던 소나무들이 재선충으로 죽어가고 있으니 재앙이 아닐 수 없다.

일본은 1960년대에 재선충이 지나갔다는데, 지금은 일부지역을 제외하고 소나무가 없다고 한다. 작년에 그렇게 많은 소나무와 이별했는데 방제에 좀 더 힘썼으면 하는 아쉬움만큼이나 죽어가는 소나무들의 원성도 점점 더 크게 들리는 듯하다. 하루하루 늘어가는 붉은 소나무들을 볼 때마다 더는 퍼지지 않기를 바랄 뿐이다.

마당에 남아있는 또 다른 소나무에게 자꾸 눈길을 보낸다.

'제발 너는…….'

(2014. 10.『제주수필』)

절대 죽으면 안 돼요

몇 해 전 남편이 맨체스터 테리어 종의 개 한 마리를 가져왔다. 집에는 이미 진돗개 '사랑이'가 있는 터라 그리 반갑지 않았다. 동네 식당 주인이 선뜻 키우라고 주었단다. 이왕 우리 집에 왔으니 '믿음이'라는 이름을 붙여주고 밖에서 키우게 되었다. 주인을 잘 따르고 제법 애교도 있어서 믿음이가 싫지 않았다.

집에 오면 나를 제일 먼저 반기는 것은 믿음이다. 발소리를 듣는 순간부터 꼬리를 흔드는 것은 기본이고 눈을 맞추며 납작 엎드리거나 발라당 갈라져서 나의 손길을 요구한다. 몇 번 쓰다듬어 주거나 안아주고 잘 있었냐는 인사를 건네고 집 안으로 들어간다. 집에 남편이 없을 때도 개가 있어서 혼자라는 생각이 들지 않는다. 그래서 집안에서 애완견을 끼고 사는 사람들의 마음을 어느 정도는 이해한다.

어느 날은 믿음이가 나를 반기지 않았다. 불러도 대답이 없고 보이지도 않았다. 걱정스러운 맘으로 주변을 둘러보았다. 아니 이게 웬일인가?

믿음이는 출산 중이었다. 자기 집을 놔두고 계단 밑 화단에 흙을 파서 그 안에서 새끼를 낳았다. 방금 나온 새끼를 핥아주느라고 여념이 없다. 한참을 들여다봐도 나에게는 눈길도 주지 않고 새끼의 코와 귀, 온몸을 핥는다. 맨 흙바닥 위에 새끼들이 있는 것이 안쓰러워 수건을 가져다 깔아주고 애쓴 어미에게 통조림을 사다 먹였다. 몸도 그리 크지 않은데 다섯 마리의 새끼를 낳았으니 얼마나 힘이 들었을까. 처음에 남편이 수컷이라기에 그런 줄만 알고 있었던 터라 요 며칠 동안 살이 통통 쪘다고만 생각했었는데 임신이었다니, 주인의 아둔함이 부끄러울 뿐이었다.

눈도 안 뜬 새끼들은 본능적으로 어미의 젖꼭지를 찾아 물고 힘차게 빤다. 다섯 마리가 달려들면 어미는 새끼들이 젖을 잘 빨 수 있게 다리를 엉거주춤 벌린다. 새끼들이 떨어져 나갈 때까지 불편한 자세를 감수한다. 시도 때도 없이 파고드는 새끼들을 위하여 기꺼이 다리를 벌린다. 우유를 주니 새끼들이 먼저 달려든다. 어미에게도 우유를 따로 준다. 어미는 먹지 않고 새끼들이 다 먹을 때까지 기다린다. 새끼들이 다 먹고 남기면 그때야 먹는다. 모든 게 새끼 우선이다. 믿음이의 새끼 사랑은 이렇게 한결같았다.

우리 어머니는 일곱을 낳아 키웠다.

어머니도 그랬다. 밥상 위의 숟가락이 왔다 갔다 하면 금세 바닥나는 양푼이. 우리가 먹다 남은 음식을 늘 맛있게 드셨던 어머니. 지금도 무엇이든 자식들에게 먼저 주고 당신은 남은 것을 챙기신다.

새끼를 낳고 한 달 정도 된 후 퇴근하고 집에 왔는데 믿음이가 곧 숨이 넘어갈 듯이 할딱거리며 비틀거린다. 그 눈빛이 살려달라고 애원하는 듯 간절했다. 금방 어떻게 될 것 같은 생각에 '제발 살아다오' 하는 기도를 하며 급히 병원으로 갔다.

　병원에 들어서자마자 "얘는 새끼가 다섯 마리나 있어요. 절대 죽으면 안 돼요, 제발 살려주세요."

　"칼슘 부족입니다."

　의사는 가느다란 다리에 혈관 주사를 꽂는다.

　"어미의 모유에서 칼슘이 부족하면 뼈에서 칼슘이 빠져 나갑니다. 그것도 부족하면 심장에 있는 칼슘까지 다 내어 주지요."

　그 말을 듣는 순간 믿음이에 대한 미안함이 시퍼런 파도처럼 밀려왔다. 믿음이를 이 지경까지 만든 것은 다 주인 잘못이다. 임신했는데도 모르고 새끼를 낳기 위한 준비도 못 해주었고, 새끼 낳은 후에도 제대로 영양보충을 못 해준 죄가 크다. 주사액과 약이 믿음이를 회복시켜 주기만을 바라며 믿음이를 안았다.

　다행히 믿음이는 회복되었다. 새끼들을 격리시켜서 더 이상 젖을 먹지 못하게 하라는 의사의 지시가 있어서 따로 갈라놓았더니 이번에는 새끼들이 아우성이다. 믿음이도 새끼들의 소리를 듣고 안절부절못한다. 부모자식 사이는 갈라놓았다고 갈라지는 것이 아니듯이 강아지들도 그런가 보다.

　믿음이의 병원 신세 이후 믿음이를 볼 때마다 어머니가 스쳤다. 일곱 남매를 키우시느라 등골이 다 빠지신 어머니. 새벽에 밭에 가시면 하루 해가 짧아 늘 어스름이 내려야 집으로 돌아오시던 분. 반백 년이 넘도록 일곱 남매를 위해 헌신하신 부모님의 사랑을 믿음이를 통해서 더욱 선명하게 깨닫게 되었다.

　믿음이가 새끼들에게 자신의 것을 다 주어서 아픈 것처럼 이 세상 모든 어머니도 그렇다. 우리 어머니는 허리도 아프고 다리도 편찮으시다.

그나마 몸져눕지 않으셔서 얼마나 감사한 지 모른다. 믿음이가 링거와 약으로 회복된 것처럼 우리 어머니도 주사 한 대로 다시 건강하게 되면 얼마나 좋을까마는 그게 욕심임을 안다. 더는 아프지 않기를 바라며 오래오래 자식들 곁에 있어주기를 빈다.

새끼를 위해 모든 것을 내어주다 부족하면 뼛속의 양분, 심지어 심장의 양분까지 내어주는 어미 개처럼 자식을 위해 모든 것을 다 준 이 땅의 모든 어머니가 있기에 자식들은 행복한 것이다.

(2014)

웃기는 세상

요즘 얼마나 웃고 사는지 돌아본다. 진정 웃을 일이 별로 없어서인지 웃음에 인색해서인지 참으로 웃었던 기억이 확 떠오르지 않는다. 헤프게 웃음을 뿌리며 다니는 사람을 보면 두 가지로 생각하게 된다. 하나는 진짜 행복해서 웃음이 절로 나오는 건지, 아니면 웃음의 가면을 쓴 건지. 가끔은 세상 돌아가는 것이 우스워서 웃음이 나올 때도 있다. 웃으면서 사는 사람이 많은 세상은 좋은 세상이고, 웃으면서 살 수 있는 사람은 행복한 사람이다. 죽기 바로 전까지 웃다가 죽으면 그보다 좋을 순 없을 것이다.

웃다가 죽은 사람이 있다. 베르나르 베르베르의 장편소설에 나오는 코미디언 다리우스이다. 책 제목 『웃음』이라는 글자를 보는 순간, 사막에서 오아시스를 만난 양 나의 눈은 벌써 책의 행간을 훑고 있었다.

프랑스에서 가장 인정받는 연예인이며 코미디언 다리우스는 아무도 들어갈 수 없도록 안으로 잠겨 있는 분장실에서 의문의 변사체로 발견되었는데, 죽기 바로 전까지 무대에서 공연했으며 분장실로 들어간 후 그곳에서 크게 웃으면서 죽었다고 했다.

신문사 여기자(뢰크레스)와 전직 과학전문 기자(이지도르)는 다리우스의 죽음의 실체를 밝히기 위해 유머를 생산해내는 비밀집단에 들어간다. 그곳에서 만들어진 유머는 유머공연장에서 공연되고, 관객들에 의해 웃음의 강도가 측정된다. 보다 강도가 높은 유머만 살아남고, '웃길래? 죽을래?'의 게임을 통해 최강의 코미디언을 가려낸다. 위험을 무릅쓰고 비밀집단의 일원이 된 두 사람은 진실을 캐기 위해서는 어떤 어려움도 마다하지 않는다. 두 사람은 유머의 생산과 유통과정에서 치열한 경쟁이 있음을 알게 된다. 삼성과 애플의 싸움처럼 코미디의 생산유통도 곧 그런 시대가 올 것이라는 예측을 하게 하는 부분이었다.

결국 다리우스는 그들의 경쟁적 암투 속에서 철저한 계획에 의해 죽어갔음을 알게 된다. 하지만 여기자가 작성한 최종적인 기사의 내용은 진실을 비껴간다. 그토록 진실을 찾아 온갖 고생을 했던 뢰크레스와 이지도르의 대화는 이렇게 이어진다.

"미안해요. 이지도르, 나는 아직 시스템 속에 있어요. 나는 생계를 꾸려야 하고, 다른 사람들이 요구하는 대로 글을 써야 해요. 아무도 관심을 두지 않고 아무도 믿어주지 않는 그 알량한 진실에 매달릴 수가 없어요."

"그렇다면 진실을 찾는다는 게 무슨 의미가 있죠?"

"아마도 나는 우리가 진실을 알아내게 되리라고 생각하지 않았던 것 같아요."

그녀의 반전에 배신당한 기분이 들었다. 소설 속의 두 기자만큼은 세상 사람들이 그 진실을 믿건 믿지 않건 진실의 실체를 밝혀야 한다는 나의 기대를 무너뜨리는 순간이었다. 사실 작가가 말하고 싶었던 것은 웃음이 생성 소멸되는 메커니즘을 파헤치는 것이 아니라, 오늘날 기자들은 더 이상 진실 캐기에 매달리지 않는다는 것을 비꼬고 있는 것이다. 진실을 쓰는 것이 아니라 다른 누군가가 요구하는 대로 글을 쓰고 있다는 것이다.

'웃길래? 죽을래?'를 외치는 관객 앞에서 살아 남아야 하는 코미디언이나 기사를 써서 먹고 살아야 하는 기자들은 서로 다를 바가 없는 존재라는 생각이 들었다. 웃기기 위한 온갖 유머들을 관객의 구미에 맞게 만들어내는 코미디언이나, 불특정 다수인 그 누군가의 구미에 맞게 기사를 만들어내는 기자나 다를 바가 없다.

두 사람 다 사람을 웃게 만드는 공통점이 있다. 사람들은 개그를 보며 웃고, 소설 같은 기사를 보며 웃는다. 그 웃음의 색깔은 확연히 다르지만 웃기는 건 마찬가지다. 그래서 요즘은 웃기는 세상이다. 많은 사람이 개그맨 앞에서 깔깔거리는 세상, 어딜 가나 진중한 사람보다 유머가 풍부하여 웃기는 사람을 더 좋아하는 세상이 되었다.

신문의 기사내용도 어느 말이 진실인지 헷갈리는 게 허다하다. 권력과 관계된 기사들은 더 혼란스럽다. 한 편의 소설처럼 재미있을 때도 있다. 그렇게 써야 신문이 읽히기 때문인지도 모른다. 그래도 진정한 독자는 진실을 쓰는 기자를 알아본다.

웃음가스라고 불리는 화학물질이 있다. 백과사전에 의하면 이것은 이산화질소(NO_2)인데 단맛과 향기가 나는 무색의 기체이다. "흡입하면 약한 히스테리 증상이 나타나 고통에 대해 무감각하게 되고, 때때로 웃기까지 한다. 주요 용도는 단기간 실시하는 외과수술에서 마취제로 주로 사용하는 것인데, 장시간 흡입하면 사망한다."고 나와 있다.

요즘에는 치과에서 무통치료를 위해서 웃음가스를 흔히 사용하고 있다. 웃음가스는 실제 웃음을 자아내어서 붙여진 이름이라기보다는 마취했을 때 빙긋이 웃는 모양으로 근육이 굳어져서 붙여진 말이라는 설도 있다. 미국의 여배우 데미무어가 이 기체를 과다 흡입하여 병원에 실려 가기도 했다는데, 세계적인 스타인 그녀도 현실을 뛰어넘을 수 있는 처방이 필요했던 것 같다.

웃음은 몸과 마음의 묘약이라고 한다. 웃음 속에서 나오는 에너지가 몸속의 병균을 죽이고 마음을 살려내기도 한다. 웃음치료라는 말이 그저 나온 말이 아니다. 웃음 치료사가 직업이 된 세상이다. 의사나 약사가 병의 증세에 따라 약을 처방하듯이 웃음치료사도 환자에게 맞는 웃음거리를 제공하여 맞춤형 치료를 하는 시대가 올 것이다.

의학이 발달함에 따라 약품으로 웃음을 처방하는 시대가 올지 누가 아는가. 연기자들이 안약으로 눈물연기를 하듯이 한 알의 약이 몸에 들어가면 웃음보를 터트려 실컷 웃도록 할 수 있는 시대를 기대해 본다. 앞으로의 세상이 웃을 일이 점점 더 많아져서 그런 약이 필요 없게 되면 더 좋겠다. 코미디나 약에 의지해서 웃는 사람이 되지 않으려면 내 안에 웃음 연못을 하나 만들어 잔잔한 미소가 물결치게 해야 할 것이다. 작은 일에도 감사하게 여기고 자연이 주는 경이로움에 마음을 다하여 찬미하며, 정의와 진실을 외면하지 않을 때 가면 웃음이 아닌 참 미소가 피어날 것이라고 최면을 걸어본다.

가슴 아픈 사건사고 소식, 정치권의 상호공방은 우리를 슬프게 한다. 잠깐의 웃음으로라도 마음을 달랠 수 있는 여유가 필요한 때다. 억지로라도 웃으면서 이 험한 세상을 다독여 볼 일이다.

(2012. 『제주수필』)

3부

1퍼센트 더하기

:

조수아 作 _ 비자림 가는 길 · 45.5×53.0cm, Oil on Canvas

1퍼센트 더하기

자연 친화적인 삶을 살고 싶어 이곳 구엄리로 이사를 온 지도 벌써 10년째이다. 지금 생각하면 그때 시내를 벗어난 게 참 잘했다는 생각이 든다. 아이들이 집을 떠나 살게 되자 이사를 하자고 했던 남편이 아니었다면 지금처럼 사는 것은 상상도 못 했을 일이다. 이사 온 후 남편은 부엌과 거실의 벽을 황토로 바꾸는 작업을 시작했다.

벽지를 벗겨낸 나체의 시멘트벽에 황토 반죽을 바르는 일은 생각만큼 쉽지 않았다. 그 분야의 기술자도 아니고 이론만 알고 시작했으니 여간 힘든 게 아니었다. 황토를 반죽하는 것에서부터 벽에 바르는 일까지 손수 하였으니 그 수고로움이야 말로 다할 수 없다. 그래도 지금 황토벽을 보면 뿌듯하다. 서툴지만 나의 손길도 일부는 닿았기 때문이다. 황토벽은 어린 아이가 흙장난을 한 것처럼 울퉁불퉁하게 되었지만, 남편은 손수 시공한 황토벽을 지금도 자랑스럽게 생각하며 아내의 칭찬을 기대한다.

그렇게 몇 년을 지내던 남편은 또 일을 벌였다. 이사 온 후 설치한 철제 장작 난로를 철거하고 일명 '열장고'라는 난방기를 설치하겠단다. 철제 장작 난로보다 열효율이 좋고 열을 오래 지속시켜 준다고 설득하는 바람에 못 이기는 척 넘어갔더니 계획대로 척척 진행되었다.

내화벽돌, 시멘트, 모래가 집 안으로 들어오고 공사는 시작되었다. 이전에 열장고에 관심 있는 카페 동호인들과 함께 설계도를 보며 마당에다 벽돌을 쌓아보는 실습을 거쳤지만 시공은 쉽지 않은 듯했다.

시작이 있으면 끝도 있는 법, 드디어 열장고가 완성되고 시험가동에 들어갔다. 아래에서 장작이 타면 연기는 밖으로 연결된 연통을 따라 나가고 벽돌 몸체는 따뜻해지리라는 기대는 한 방에 무너졌다. 벽돌 틈새 여기저기에서 연기가 퐁퐁 새어나와 난감하기 짝이 없었다. 그 틈새를 찾아내기 위한 시험가동을 여러 차례 반복하는 동안 열장고에 대한 기대는 남편에 대한 실망으로 바뀌어 갔다.

이럴 바에는 아예 열장고를 다 부숴서 다시 새로 짓는 게 낫겠다는 생각을 하면서 꼼꼼하지 못한 공사 탓이라고 투덜거리길 여러 번 했다. 아파트 부실시공이 생기는 이유도 이해가 되었다. 전문가들이 공사를 해도 부실시공이라는 말이 나오는데, 하물며 설계도 하나만 가지고 덤볐으니 그럴 만도 하다.

열장고 연기 구멍 막는 데 며칠을 바친 덕에 드디어 열장고는 제 기능을 하기에 이르렀다. 남편은 또 욕심을 부렸다. 연통을 통해 밖으로 나가는 열을 활용할 수 있는 방법을 생각한 끝에 연통을 아래로 지나게 하고 옆으로 벽돌을 쌓고 그 위에 제주 현무암을 얹어서 구들을 만들었다. 위로 올라가는 연기의 속성 때문에 열이 과연 아래로 내려올까 걱정이 되었다. 그 걱정은 지붕의 연통 끝에 연기를 뽑아주는 보조기를 다는 것으로 해결되었다.

드디어 구들이 완성되고 시험가동을 했는데 장작은 활활 타올랐고 바닥은 뜨끈뜨끈해졌다.

하늘은 스스로 돕는 자를 돕는다고 했던가. 남편이 그렇게 힘들게 일하더니 드디어 열장고와 구들이 세트가 되어 난방 및 침대 역할을 다해냈다. 구들바닥은 그 옛날 굴묵에 불을 지펴 난방을 한 아랫목처럼 뜨끈뜨끈했다.

김치전을 곁들인 막걸리 한 잔을 들이키면서 '결혼해서 당신이 한 일 중에 가장 잘한 일이 열장고와 구들을 만든 것'이라고 했더니, 남편은 30년 만에 처음으로 들어보는 칭찬이라며 입이 귀에 걸린다. 약간의 취기가 오르고 배부르고 등 따시니 그 순간만큼은 세상 모든 것이 부럽지 않았다.

이해인 수녀님의 시 '1%의 행복'에 나온 글귀처럼 약간의 좋은 것 1%는 우리 삶에서 아무것도 아닌 소소한 것일 수도 있지만, 단 1%가 더해짐으로 인해 저울은 그쪽으로 기운다.

이 세상에 열심히 살지 않는 사람이 어디 있으랴. 모두가 자신의 인생 설계도를 보며 최선의 삶을 산다고 하지만 살아놓고 보면 여기저기서 허점투성인 것을. 그 허점투성이들을 고치고 다듬어가는 것이 1퍼센트 더해지는 삶이 아니겠는가?

올겨울 우리 집 저울은 남편의 혼이 담긴 열장고와 구들 덕분에 한쪽으로 더 깊게 기울어졌다.

(2013.『제주여류수필』)

수영장에서

집에서 차로 5분 정도의 거리에 해수 수영장이 생겼다. 읍에서 운영하는데 입장료가 2천 원이다. 운동할 시간이 있을 때마다 찾는 곳이다. 어린 학생들부터 60, 70대의 어르신들까지 수영장을 찾는다. 어르신들은 수영을 한다기보다 물에서 운동을 하는 분이 더 많다. 물속에서 경중경중 뛰기도 하고 걷기도 하신다. 늘그막에 이렇게 수영장에 와서 운동을 할 수 있는 분들은 그래도 노후를 건강하게 지내는 것 같아 보기가 좋다. 그분들을 볼 때마다 내가 과연 20년 후에도 수영을 할 수 있을 만큼 건강을 유지할 수 있을까 하는 생각을 해 본다.

수영장 한 편에는 '스파탕' 이라는 팻말이 붙어있는 온탕이 있다. 노인분들이 특히 좋아하는 곳이기도 하다. 그날도 수영 후 온탕에 몸을 담글 요량으로 스파탕에 갔더니 한창 물을 빼고 청소를 하는 중이었다. 영업시간인데 청소를 하는 것이 궁금하여 이유를 물었다.

청소를 하는 젊은이의 대답은 "누군가가 물속에서 배설을 했어요. 나이가 들면 아래로 나오는 것을 잘 감지하지 못하나 봐요. 항문으로 변이 나와도 잘 모르는 분이 계시거든요."

"아니, 정말요?"

지난번 심한 기침감기로 고생을 할 때 기침과 함께 오줌이 찔끔거려 나도 모르게 얼굴이 붉어진 적이 있다. 요실금 증후군인가 하고 화들짝 놀라긴 했지만 심한 기침 탓으로 돌리고 잊고 지냈다.

그런데 소변도 아닌 대변을 그것도 물속에서……. 오호통재라. 20년 후에도 수영장을 당당히 찾을 수 있을 거라는 자신감이 수그러지는 게 아닌가. 늙음이 죄가 아닐진대 괜히 서러워지는 노인들의 심정을 조금은 알 것 같았다. 나이가 들수록 입만 산다는 말이 있어서 말조심 생각은 하고 있었지만 배설을 통제하는 아랫도리 관리를 잘해야겠다는 생각은 미처 못했다.

동창 모임에서 '케겔운동'이 요실금도 예방할 수 있고 더불어 부부 관계도 좋아진다는 이야기를 들은 바가 있어서 생각날 때마다 골반 근육을 당기고 밀었었는데, 수영장에서 돌발적인 불상사를 막으려면 항문 조임 운동(?)을 추가로 더 해야 할 것 같다. 어디를 가나 노화방지, 장수를 누리는 건강에 대한 이야기에 귀가 더 솔깃해지는 까닭은 내가 늙어가고 있음이요, 반면 누구나 갖고 있는 불로장생의 꿈이 있음이다.

생명과학과 의술의 발달로 100세 시대가 오고 있지만 좋아할 일만은 아니다. 노인 인구의 증가로 사회적 비용은 점점 많아지고 그로 인하여 국민들의 생활은 그만큼 힘들어질 것이다. 지금도 일할 수 있는 노인들이 젊은 청년들과 일자리를 다투어야 하는 판국이니 청년실업, 노인실업의 문제는 더욱 심각해질 전망이다.

100세 시대를 거론할 때마다 '나는 정년퇴직을 하면 무엇을 하며 살지?' 하는 고민이 튀어나와 머리를 복잡하게 만든다. 노후 자금도 충분하지 않고 퇴직 후의 청사진도 아직은 흐릿하니 '100세 시대'라는 말이 두렵기만 하다. 하지만 살아내야 할 시간이 점점 많아진다는 것은 좋게 생각하면 희망을 꿈꿀 시간도 그만큼 많다는 뜻이다.

생이 다할 때까지 사는 동안 굽이굽이 지나온 삶을 격려하고 추억하며 희망을 품고 사랑하며 살고 싶다. 그 희망이 작고 소소한 것들일지라도 소중한 것이고, 또한 사랑하며 사는 것이 주어진 삶에 대한 최소한의 예의이며 책임이기 때문이다.

그 책임을 다하려면 우선 건강해야 한다. 건강해야 희망도 키우고 사랑도 실천할 수 있는 법이다. 건강을 지키지 못해 노후의 삶이 실패로 끝나는 경우를 종종 보아왔다.

건강이 허락한다면 그 다음은 주어진 삶을 사랑하며 즐기는 것이다. 나의 삶은 누구와 비교될 수 있는 삶이 아니다. 그 어떤 삶도 내가 즐겨 받아들이지 않으면 결코 내 삶이 될 수 없다. 고통과 슬픔도 삶의 요소일진대 좋은 것, 나쁜 것 가리지 말고 최선을 다해 살아내는 것이 내 삶에 대한 예의이고 책임이 아니겠는가.

학생들과 함께 어느 노인 복지시설을 방문했을 때를 기억한다. 아이들이 노래를 불러도, 악기를 연주해도, 손을 잡아도 무표정 무감각이었다. 기쁜지, 슬픈지, 좋은지, 나쁜지 도무지 알 수 없는 표정에서 한없는 안타까움을 느꼈다. 그분들의 어린 시절, 혹은 젊은 시절 천진난만한 표정과 아름다운 미소는 다 어디로 사라졌는지, 누가 그들을 그렇게 만들었는지 가슴이 아려왔다. 몸이 늙었다고 감정까지 바싹 메말라 버릴 수는 없지 않은가.

나는 그렇게 살고 싶지 않다. 마당에서 지저귀는 새소리에 감사하고, 멍멍 강아지 소리에도 응답하고, 갓 솟아오르는 작은 풀잎에도 말을 건

네며 살고 싶다. 가끔은 사랑하는 아들 딸, 손자 손녀와 함께 천진난만
하게 시간을 보내고, 그 시간을 추억하고, 다시 그들이 오기를 기다리
는 삶도 행복할 것이다.

　수영장 스파 안에서 만나는 노인들은 몸이 늙었을지라도 감정은 늙
지 않은 분들이다. 표정이 밝다. 어린 아이들을 바라보는 눈빛에 사랑
이 담겨 있고 젊은이들의 이야기에도 맞장구를 쳐주시기도 한다. 상대
의 기분을 달랠 줄도 안다. 그 분들 중에는 항문근육이 약해져서 배설
에 대한 조절이 잘 안 되는 분이 혹시 계신지도 모르겠다.

　스파탕에서 응가를 한 사람이 누군지는 모르지만 청소원의 말에 의
하면 범인은 노인이었다. 어쩌면 어린아이가 범인일 수도 있는데 단지
늙었다는 이유로 죄 없는 노인을 범인으로 생각하는 것은 아닐까? 따
져 물을 수도 없기에 그저 그런가 보다 할 수밖에 없다.

　그나저나 아랫도리에 있는 출구를 잘 관리해야 수영장에서 실수를
하지 않는다는 교훈을 얻었으니 오늘부터라도 아랫도리 근육운동을 자
주 해야겠다. 미래의 내가 80세의 노인이 되어 수영장을 당당하게 드나
드는 꿈을 꾸며 항문을 힘껏 조여 본다.

(2013. 『애월문학』)

신발 한 짝

사랑하는 어린이 여러분,

희망을 품고 새 학년을 맞은 지가 엊그제 같은데, 벌써 한 해를 마무리할 때가 되었습니다.

지난 일 년 동안의 생활을 되돌아보면 어떤 생각들이 떠오르는지요? 즐거웠던 일, 속상했던 일, 섭섭했던 일, 슬펐던 일, 행복했던 일, 고마웠던 일 등등 많은 일이 스쳐 지나갈 것입니다.

좋은 일이건 좋지 않은 일이건 그런 추억들은 여러분을 지금보다 더 훌륭하게 만들어 주는 양분들입니다. 살아가면서 겪는 많은 일은 우리가 이 세상에서 굳세게 잘 견디어 나갈 수 있도록 도움을 주기도 하니까요.

자신을 되돌아보면 잘한 일도 있고, 잘하지 못한 일도 있을 것입니다. 잘한 일에는 자신에게 칭찬하고 격려해 주십시오. 반대로 잘못한 일에는 깊이 반성하면서 다시는 그런 잘못이 반복되지 않도록 스스로에게 꾸짖으십시오.

특히 친구의 마음을 아프게 했던 일들이 있으면 그 친구에게 사과하고 용서를 빌어야 합니다. 나의 이익이나 기분만 생각하여 남을 배려하지 않았다면 새해에는 배려를 실천하는 어린이가 되겠다고 다짐해 보면 어떨까요?

배려하는 것은 남에게 피해를 주지 않는 작은 행동에서 비롯됩니다. 수업시간에 다른 친구들에게 방해되지 않도록 조용히 하는 것도 배려이고, 슬퍼하는 친구에게 위로의 말을 건네는 것도 배려입니다. 친구가 없어 외로운 친구에게 먼저 다가가서 말을 거는 것도 배려입니다.

더 나아가서 배려는 내가 손해를 보더라도 남을 위해 도움이 되는 행동을 하는 것입니다. 나의 시간과 노력을 다른 사람들을 위해 쓰는 것, 내가 가진 것을 나누는 것도 배려에서 나옵니다.

인도의 민족운동 지도자이자 인도 건국의 아버지로 존경받고 있는 마하트마 간디의 일화를 소개하고자 합니다.

간디가 어느 날 기차를 타고 출장을 가게 되었습니다. 기차가 막 출발하려는데 황급히 기차에 오르게 되었습니다. 그 순간 그의 신발 한 짝이 벗겨져 기차 밖으로 떨어지고 말았습니다. 기차는 이미 출발하고 있었기 때문에 신발을 주울 수가 없었습니다.

그러자 그는 얼른 나머지 신발 한 짝을 벗어 다른 한 짝이 떨어진 곳으로 던져 버렸습니다. 이를 본 승객들이 왜 그렇게 하였는지 여쭈어 보았습니다. 간디는 빙그레 웃으며

"누군가가 신발을 줍는다면 한 짝만으로는 별 쓸모가 있겠습니까? 하지만 이제는 온전한 신발이 되지 않았습니까?"라고 대답했습니다.

여러분이 만약 간디라면 어떻게 하겠습니까? 내가 가진 것을 남을 위해 선뜻 내어 놓은 간디와 같은 행동이 바로 배려를 실천하는 아름다

운 모습입니다.

사랑하는 어린이 여러분!

여러분이 지금의 모습처럼 훌륭하게 자라게 된 것은 많은 분의 사랑과 배려 덕분입니다. 그분들로부터 받은 사랑에 보답하는 길은 여러분도 남을 배려하고 사랑을 나누는 일입니다. 내가 남을 위해서 무엇인가를 할 수 있다는 것은 행복한 일입니다.

여러분의 행복을 위하여 새해에는 더욱 건강하고 배려와 나눔을 실천하는 한 해가 되기를 바랍니다.

(2012. 12. 학교신문)

복(福) 만들기

새해를 맞으면서 '새해 복(福) 많이 받으십시오'라는 말을 많이 주고받았다. 자주 들어서 싫증이 날만도 한데 새해 초에 듣는 그 말은 자주 들어도 싫지 않다.

그 말을 하는 사람도 참된 마음으로 하고 그만큼 듣는 사람도 복을 받고 싶은 마음이 간절하기 때문이다. 그래서 새해가 되면 복조리와 복주머니를 걸어 놓기도 하고 정월 대보름날에는 복을 기원하는 소망지(所望紙)를 태우며 복을 소망한다.

그러면 복(福)이란 과연 무엇일까? 국어사전에는 '삶에서 누리는 좋고 만족할 만한 행운, 또는 거기서 얻는 행복'이라고 쓰여 있다. 결국 "새해 복 많이 받으십시오"라는 말은 '새해에는 좋고 만족할 만한 행운들이 많이 일어나길 바란다'는 말이다. 과연 좋고 만족할 만한 행운이란 어떤 것을 말할까?

똑같은 조건과 환경에서도 어떤 사람은 행복을, 어떤 사람은 불행을 느낀다. 사람마다 만족의 척도와 정도가 다르기 때문이다. 결국, 행복은 외부의 환경이나 조건보다도 그 사람의 마음이나 감정에 달려 있다고 볼 수 있다. 어떤 남편은 아내의 작은 친절에도 마음이 흡족해하는가 하면 어떤 사람은 늘 불평을 하는 사람도 있다. 시험점수를 똑같이 80점을 맞았는데 어떤 학생은 울고 어떤 학생은 만족스럽게 웃는다.

이처럼 만족은 우리 마음의 잣대가 이래저래 움직이기 때문에 기준이 없다. 그러다 보니 복(福)의 기준도 사람마다 다를 수밖에 없다. 좋고 만족할 만한 일들은 결국 자기 스스로 만들어 가는 것이라고 할 수 있다. 행복을 위해 만족도를 높이기 위해 부지런히 노력하거나, 그에 미치지 못하면 눈높이를 낮추는 것도 복을 만들어가는 하나의 방법일 수 있다.

유교에서는 오복(五福, 《서경》 홍범 편에 나온 다섯 가지의 복)으로 보통 수(壽), 부(富), 강녕(康寧), 유호덕(攸好德), 고종명(考終命)을 말하였다. 수(壽)는 말 그대로 오래오래 장수(長壽)하는 것이다. 요즘에는 평균수명이 길어진 시대라 장수하는 것은 그리 어려운 일이 아니지만, 두 번째의 부(富)는 예나 지금이나 중요시되고 있다. 세 번째 강녕(康寧)은 제일 우선으로 꼽아야 할 것 같다. 건강하지 못하면 다른 네 가지 복이 다 소용이 없기 때문이다.

유호덕(攸好德)은 덕을 다스려 좋은 일을 하는 것이 복된 삶이라는 것을 말해 주고 있다. 저 혼자 잘 먹고 잘사는 것은 참된 의미에서 복된 삶이라고 할 수가 없다. 남에게 베풀고 이웃과 나누는 삶이라야 복된 삶이다. 고종명(考終命)은 타고난 수명을 다 누리고 고통 없이 죽음을 맞는 것이다.

요즘 사람들은 흔히 복을 말할 때는 인복, 자식복, 남편복, 재물복이라는 말을 많이 쓴다. 이런 복들이야말로 오복 못지않은 우리가 소망하는 복들이다. 또 하나 일복을 타고난 사람도 있다. 어디를 가도 일을 가리지 않고 열심히 하는 사람을 일복이 많다고 하는데, 흔히 궂은일을 도맡아 하는 사람을 일컫기도 하기에 부지런한 사람을 뜻하는 말이라고 할 수 있다.

일복도 아무에게나 주어지는 것은 아니다. 삶의 태도가 적극적이고 건강한 사람이라야 일복도 주어진다. 일할 수 있는 건강과 능력이 있어야 하기에 어찌 보면 일복이야말로 가장 기본적인 복인지도 모른다.

내가 할 수 있는 일이 있다는 것이 얼마나 감사한 일인가? 설령 그 일이 보수가 따르지 않는 자원봉사일지라도 누군가에게 도움을 주는 일이면 그게 바로 나누는 삶이 되는 것이고 가치 있는 일이 아니겠는가? 무슨 일이든지 부지런히 하다 보면 재물도 생기고 인복(人福)도 함께 온다. 네 일 내 일 가리지 않고 서로 돕는 사람은 그를 도우려는 사람이 따르기 마련이다.

우리가 소망하는 복은 누가 나에게 던져주거나 가져다주는 것이 아니라 삶의 현장에서 스스로 만들어내는 것이다. 그리고 복(福)은 어떤 때는 불행이라는 이름표를 달고 우리 앞에 나타나기도 한다. 그러나 그것도 삶의 초점을 긍정으로 향하고 있는 사람들에게는 또 다른 복을 불러오기도 한다. '전화위복', '불행 중 다행' 이라는 말이 이를 두고 하는 말이다.

필자도 며칠 전 순간적인 실수로 가스가 새어나온 곳에서 성냥불을 그었다가 큰 화상을 입을 뻔한 일이 있었는데, 머리카락도 타고 손등에 화상은 입었지만, 얼굴에 화상을 입지 않아서 천만다행이라는 생각이 들자 오히려 감사함이 더 컸다. 탄 흔적의 머리카락과 손등의 화상을 보면서도 감사하고 감사하여 마음이 흡족할 따름이다.

이렇듯 삶에서 누리는 복은 외부에서 찾기보다는 마음 안에서 만들어 가야 할 것이다.

이제부터는 '복 많이 받으십시오'라는 인사 대신에 '복 많이 만드십시오'라고 바꾸어 말하면 어떨까?

(2011.『애월문학』)

김
순
신
수
필
집

잊혀가는 졸업식 노래

2월은 졸업식 시즌이다. 졸업식 날은 학교 앞이 꽃길이 된다. 꽃도 다양하다. 생화에 조화, 꽃다발의 모양도 가지가지이다. 아름답지 않은 꽃이 없다. 졸업을 축하하기 위해 꽃다발을 사든 사람들의 모습도 아름답다.

이맘때가 되면 나의 초등학교 졸업식 때의 추억이 아련히 떠오른다. 1960년대라 꽃이 귀해서 동네에서 모아온 수선화 꽃을 가슴에 달았다. 5학년 대표의 송사와 6학년 대표의 답사가 오가고 마지막 졸업식 노래를 부를 때는 모두가 눈시울을 적시며 불렀다. 재학생과 졸업생이 번갈아 가면서 노래를 부르다 보면 재학생도 숙연해지고 졸업생들은 학교를 떠나게 됨에 섭섭하여 훌쩍훌쩍 울기도 했다. 나는 답사를 할 때부터 훌쩍거리면서 울어버리자 선생님께서 어깨를 토닥이며 달래주시던 기억이 난다.

그 후 초등학교 교사가 되어서도 졸업식 날은 정든 제자들과의 헤어짐이 못내 서운하여 창문 밖으로 고개를 돌려 눈물을 훔치기도 했다.

교실을 떠나는 학생들의 눈에도 이슬이 맺히기도 했다.

그러나 요즘에는 졸업식 날 우는 학생이 거의 없다. 졸업식장에서 부르는 노래도 '졸업식 노래'가 아닌 이별의 정을 담은 가요가 등장했다. 학생들은 유행에 민감해서 그런지 곧잘 따라 부른다. 그러나 나는 전통적인 졸업식 노래가 좋다. 노랫말에 재학생의 마음과 졸업생의 마음이 아름답게 담겨 있고 부르기도 좋기 때문이다. 그 노랫말을 음미하면서 노래를 부르다 보면 저절로 감동이 일어난다.

우리가 그동안 불러온 '졸업식 노래'는 1946년에 윤석중 님이 노랫말을 쓰고 정순철 님이 곡을 만든 것이다. 그 당시 해방을 맞았는데 우리말로 된 졸업식 노래가 없자 교육당국에서 아동문학가인 윤석중 선생에게 부탁해서 급히 만들어진 곡이다. 윤석중 선생은 그 후 〈낮에 나온 반달〉 등 많은 동요를 만들었다. 작곡가 정순철(1901~1950)은 납북되어 빛을 보지 못하였지만, 그가 작곡한 '졸업식 노래'만은 반세기가 넘도록 불리고 있다.

'졸업식 노래'에는 6년 동안 정들었던 학교를 떠나는 마음과 떠나보내는 마음이 매우 잘 나타나 있어서 부르는 사람이나 듣는 사람의 마음을 싸하게 한다. 먼저 1절은 후배들이 선창으로 '빛나는 졸업장을 타신 언니께 꽃다발을 한 아름 선사합니다.……'라고 부르면, 뒤이어서 졸업생은 후창으로 '잘 있거라 아우들아 정든 교실아 선생님 저희들은 물러갑니다.……'라고 부른다. 이어서 3절은 선후배가 다 함께 '앞에서 끌어주고 뒤에서 밀며 우리나라 짊어지고 나갈 우리들 냇물이 바다에서 서로 만나듯 우리들도 이 다음에 다시 만나세~.'

2절을 부를 때쯤 되면 졸업생 쪽에서 누군가 훌쩍거리기 시작하고 옆에 있던 학생도 이어서 눈물을 보였다. 그러다 보면 노랫소리는 울음

김순신 수필집

반 노래 반으로 될 때도 있었다. 옆에 있던 부모님들도 어느새 콧등이 시큰해지고 눈시울이 붉어지기도 했다.

요즘 졸업식장에서 윤석중 작사, 정순철 작곡의 '졸업식 노래'가 점점 사라지는 것이 안타깝고 못내 아쉽다. 노래 하나로 세상을 이을 수도 있는데, 그 졸업식 노래야말로 우리 부모님 세대부터 불리던 노래라 세대와 세대를 이어주는 노래의 하나라고 생각한다. 자녀나 손자의 졸업식에 와서 그 노래를 다시 들으면서 함께 중얼거리는 할머니 할아버지와 부모님을 생각해 보라.

모기업 회장은 베트남과 라오스에 졸업식 노래가 없다는 얘기를 듣고 디지털 피아노에 한국의 '졸업식 노래'와 '고향의 봄', '아리랑' 등을 입력해 기부하고 있다. 이미 6만 대의 피아노가 건네졌다. '아리랑'이 우리나라를 상징하는 노래가 된 것처럼 대한민국의 전통적인 '졸업식 노래'가 세계의 졸업식 노래가 될 날을 기대해 본다. 그리고 3월에 입학하는 학생들을 위한 '입학식 노래'도 만들어져서 졸업식 노래만큼이나 입학식 때마다 운동장 가득 울려 퍼졌으면 좋겠다.

(2011. 『애월문학』)

스마트폰과 잘 놀기

지하철을 탔다. 앉아있는 사람이나 서 있는 사람이나 스마트폰에서 눈을 떼지 않는다. 옆 사람은 아랑곳하지 않고 그저 폰의 화면에 몰입되어 있다. 화면을 보며 킥킥 혼자 웃는 사람도 있다. 전에는 신문이나 잡지를 보는 사람들도 보였는데 뉴스도 폰으로 보는지 지하철에 신문도 사라졌다. 나이 드신 분은 눈을 감고 생각에 잠기기도 하고 졸기도 한다.

하지만 젊은 사람들은 하나같이 스마트폰을 보고 있다. 같은 공간에 있어도 서로 눈을 마주칠 일은 없다. 모두가 자기의 장난감 하나씩 들고 그것과 놀고 있다. 어찌 보면 참 좋은 세상 같기도, 하고 한심스러운 세상 같기도 하다.

교장선생님께서 연수받을 때 어떤 강사가 '요즘같이 변화하는 시대에 사표 쓰지 않으려면 스마트폰을 써야 한다'고 하더란다. 그만큼 스마트폰이 대세란 뜻이다. 교장선생님도 결국 얼마 후에 스마트폰으로 바꾸셨다.

남편은 훨씬 먼저 갤럭시탭으로 바꾸었다. 처음 전화기를 바꾸고 온 날 전화를 받을 줄 몰라서 당황했던 일을 생각하면 웃음이 나온다.

필자도 얼마 전에 스마트폰으로 바꾸었다. 대세의 흐름을 어찌할 수 없어서이다. 막상 스마트폰으로 바꾸고 나니 그놈이 정말 스마트하긴 하다. 인터넷은 물론이고 웬만한 프로그램은 다 있어서 사용법을 알면 무궁무진하게 활용할 수 있음을 알게 되었다.

가계부도 현장에서 기록할 수 있고, 온갖 쇼핑도 할 수 있으니 나에게 스마트폰은 이제 필수품이라고 해도 과언이 아니다. 손에 들고 다니면서 인터넷 검색도 할 수 있고, 외국에 있는 아들이나 동생과 무료로 통화도 할 수 있으며, 문자와 사진도 바로바로 전송할 수 있어서 참 좋다. 일본 조카의 재롱을 실시간으로 손바닥에서 볼 수 있다니 첨단통신시대를 사는 게 실감이 난다.

얼마 전 부부 동반 모임에서도 스마트폰이 한몫했다. 손자 손녀의 사진을 자랑하기도 하고, 다른 사람으로부터 받은 우스개 화면을 즉석에서 찾아 보여주기도 하니 스마트폰으로 인하여 눈도 즐겁고 분위기도 한층 화기애애해졌다. 젊은 세대 못지않게 나름 필요한 프로그램들을 찾아내어 활용하고 있었다.

처음 삐삐가 나왔을 때만 해도 이런 통신기기가 나오리라고는 상상이나 했을까? 삐삐에 찍힌 번호로 공중전화에서 전화를 걸었던 일이 엊그제 같은데 벌써 손전화기 시대가 왔다. 이제 그 손전화기가 날로 발전하여 3세대, 4세대의 통신수단으로 거듭나 기능에 걸맞게 스마트폰으로 명명되고 있다.

스마트폰은 이름처럼 똑똑한 놈이다. 사람을 잘 부리려면 그 사람의 장점을 잘 알아야 하듯이 똑똑한 스마트폰을 잘 활용하려면 그 기능들을 잘 알아야 한다.

이왕 스마트폰으로 바꾸었으니 그놈이 가진 능력을 최대한 활용하여야 하겠다. 그렇게 하려면 각종 응용프로그램을 잘 알아야 하는데 그 기능을 다 알기가 쉽지 않다. 아직도 몇 가지 기본프로그램 사용에서 벗어나지 못하고 있는 왕초보다.

그러나 하나하나 배우면서 시도하다 보면 언젠가는 베테랑 사용자가 되지 않을까 기대하고 있다. 그때쯤이면 다시 한 단계 높은 5세대 통신 수단이 나올 것이기에 그때를 대비해서라도 지금부터 스마트폰의 여러 기능들을 활용해 봐야겠다.

스마트폰 시대에 살아남는 특별한 방법은 없다. 스마트폰에 대하여 배워서 사용하거나 아니면 아예 스마트폰을 쓰지 않는 것이다. 대세를 무시하고 전통적인 핸드폰을 고수하는 용기 있는 사람들도 많았으면 좋겠다. 딸이 가끔은 좋은 프로그램을 다운받아주기도 하지만, 혼자 배워 나갈 수밖에 없다.

그래서 오늘도 이래저래 스마트폰의 화면에서 여기저기를 터치하고 밀어내고 있다. 나와 소통하는 대상이 훨씬 많아진 것은 스마트폰 덕분이긴 하지만 진정성 있는 소통이 되고 있는지 자문해 본다. 때로는 내가 스마트폰을 갖고 노는 것은 아닌지 하는 생각도 들 때가 있다. 장난감이 아닌 세상과 소통하는 다리로 활용되어야 할 것이다.

얼마 없으면 선거다. 각 후보의 지지를 호소하는 메시지가 하루에도 몇 건씩 배달된다. 그뿐만이 아니다. 대리운전, 대출홍보 등 무차별 전송문자 때문에 짜증이 날 때도 있다.

소통의 시대가 왔다 해도 진정한 소통이 아니면 아니 함만 못하다. 껍데기에 불과한 선거공약처럼 진정성이 없는 문자의 남발은 짜증을 불러온다. 백 번의 문자인사보다 한 번의 상냥한 인사가 더 그 사람을 기억하게 한다.

　스마트폰을 잘 활용하되 인간성 회복을 염두에 두어야 할 것이다. 기기와 노는 것이 아니라 기기를 활용해 나와 관계를 맺고 있는 이들과 참다운 대화를 주고받을 때이다.

(2012.『애월문학』)

먹성 좋은 여자

저희 부모님께서는 어린 시절부터 자식들에게 몸에 좋은 자연음식을 만들어 먹인 덕분에 나는 음식타박이 없이 아무거나 잘 먹는 편입니다. 저가 어렸을 때는 우유 대신 염소를 길러 젖을 짜서 먹였고, 돼지고기 추렴을 하면 눈에 좋은 거라면서 생간을 굵은 소금에 찍어 입에 넣어 주면서 삼키도록 하였습니다.

염소젖은 비린내가 나서 싫었고, 돼지간은 핏덩이 같은 것을 먹으라니 정말 먹기 싫다고 도망 다니기도 했습니다. 그러나 몸에 좋은 것이니 꼭 먹어야 한다는 아버지의 엄명을 거스를 수 없어 눈을 감고 쓴 약을 삼키듯 그것들을 삼켰습니다.

맛으로 먹은 것이 아니라 약으로 먹은 셈이었지요. 그러한 혹독한 훈련 덕분인지 저는 먹성이 좋은 아이로 샀고, 그 결과 잔병치레 별로 없이 지금까지 잘 지내는 편입니다. 지금 생각하면 부모님이 오히려 고맙고 감사할 따름입니다. 먹성이 좋다 보니 그에 따른 에피소드도 있습니다.

1991년도에 해외연수로 중국을 가게 되었습니다. 9박 10일간의 여행에서 저는 가는 식당마다 그 테이블에 앉은 사람들을 위하여 먼저 시식을 해 보는 권한을 위임받았지요. 그 당시만 해도 중국은 음식을 담는 그릇이나 기구들이 한국에 비해 깨끗한 편은 아니었습니다. 접시나 컵도 금이 가거나 이가 빠진 것이 전통을 상징한다고 하면서 자주 등장했지요. 거기다가 특유의 향료 때문에 처음 먹는 사람들에게는 비위에 거슬리는 음식이 대부분이었습니다. 그래서 고추장, 멸치, 김 등을 챙겨 간 사람도 있었습니다.

식사 때가 되면 둥근 테이블 위에 김이 나는 음식들이 사열하여 선택되기를 기다립니다. 그러나 선뜻 음식에 손이 가는 사람은 없었습니다. 그럴 때 저는 먼저 젓가락을 들고 하나씩 맛을 봅니다. 맛이 있으면 고개를 끄덕이거나 엄지손가락을 치켜세우며 '굿―' 하는 시늉을 합니다. 그 순간 젓가락이 일제히 그 음식을 향합니다.

반면 얼굴을 찡그리거나 고개를 흔들면 그 음식은 버림받게 되지요. 때로는 저가 맛있다고 한 음식인데도 '이게 맛있다고? ~ 웩~' 하는 사람도 있었습니다. 여행의 막바지에 이르러서는 나의 입맛이 중국 현지의 음식에 길들여졌는지 먹는 음식마다 맛이 있었습니다.

그러자 일행들은 나의 입맛을 못 믿겠다면서 시식하고 평을 하는 권한을 취소하기에 이르렀지요. 지금도 그 당시를 생각하면 웃음이 나옵니다.

지난해 여름에는 난생처음 미국 땅을 밟아보았습니다. 대학 졸업하는 딸을 축하해 주러 간 김에 큰맘 먹고 약 한 달간을 두루 돌아다녔습니다. 가는 곳마다 만나는 풍광과 음식도 다양했습니다.

관광에 대한 이야기는 다음 기회에 하고 음식에 대한 이야기를 하겠습니다. 근 25일 동안 한국음식, 현지 음식, 뷔페 등 다양하게 다 만났지요. 맛 기행은 아니었지만 그에 못지않게 행복했습니다. 좋은 것 보고 남이 해준 음식을 먹는 것이 분에 넘치는 호강으로 여겨졌습니다. 맛없는 음식이 없었습니다.

오히려 집을 나와 관광하며 맛난 음식을 먹을 수 있음에 감사드렸습니다. 그중에서도 로스앤젤레스의 한 호텔에서 먹은 육개장 맛은 오래오래 기억에 남습니다. 국물과 내용물이 조화롭게 어울려 깊은 맛이 일품이었습니다.

나중에 안 사실이지만 주방장이 한국의 일류호텔에서 근무하시던 분이라는 말을 듣고, 그분은 한국의 음식을 세계에 알리고 있다고 생각했습니다. 미국 내 한국식당에 갔을 때는 미국 현지인들이 자리를 차지하고 있는 모습을 보면서, 한국의 음식이 세계적 음식이 되어간다고 생각하니 마음이 뿌듯했습니다. 그렇게 되기까지 주인도 많은 정성을 들였음을 헤아려 봅니다.

음식은 맛도 중요하지만 만드는 사람의 정성도 중요합니다. 미국에서 딸은 먼 길 돌아 방문한 부모님을 위해 닭도리탕을 만들어 내어 왔습니다. 그 정성에 보약을 먹은 것처럼 기운이 났습니다.

며칠 전에는 저의 생일선물로 파스타를 만들어 주어서 맛있게 먹었습니다. 가족을 위해 음식을 만드는 일, 더구나 그 음식을 같은 식탁에 둘러앉아 함께 먹을 수 있으면 그게 곧 작은 행복입니다.

누가 만들어낸 말인지 모르지만 집에서 하루 세 끼를 다 먹는 남편을 삼식이 새끼, 두 끼를 먹으면 두식이 놈, 한 끼도 안 먹으면 영식 님 등으로 불리는 우스갯소리가 생각납니다. 영식 님과 사는 가족들은 과연 행복한지 묻고 싶습니다.

식탁에서 오가는 정이 없는 가족은 과연 행복한 가정인지 묻고 싶습니다. 가족의 정은 식탁에서부터 출발합니다. 먹는 데서 정이 싹틉니다. 함께 식사하는 일은 어쩌면 가족에게 가장 중요한 일일 수도 있습니다.

(2012.『제주여류수필』)

호드기의 울림

제주수필문학회가 창립 20주년을 기념하여 청주의 푸른솔 문학회가 주관하는 행사에 참여하게 되었다. 일행 열여덟 명은 직접 청주행이 어렵게 되어 김포공항에서 버스로 청주로 이동했다. 덕분에 버스여행 겸 정거운 대화의 시간이 주어져서 나름대로 의미가 있었다. 두 시간여를 달려 도착한 곳은 충청북도 청원군 문의면 문의향교.

마침 '제4회 버드나무 문화축제'가 열리고 있는 기간이었다. 6회 도민백일장, 2회 청남청소년 백일장대회, 1회 어린이 동화구연대회, 2회 호드기불기대회 등 다양한 행사를 하고 있었다.

'어서 오십시오. 제주수필문학회 창립 20주년 기념 제4회 버드나무 문화축제 방문을 환영합니다.'라는 현수막이 향교 입구에서 우리를 반기니 기분이 우쭐해졌다.

무엇보다도 푸른솔문학회 회원들이 정겹고 따뜻하게 맞아주어서 지금도 그날을 생각하면 감사하고 고맙다. 예를 갖추어 한복을 차려입은 여성회원들의 친절한 안내와 밝은 미소, 정성스런 음식대접이 문학회의 격을 짐작케 했다.

아담한 향교의 마당은 문학특강과 시상식 행사를 위한 자리로 마련되었고, 명륜당 마루에는 열 폭짜리 화려한 목단 병풍이 펼쳐져 보는 이의 눈길을 사로잡았다. 알고 보니 오늘 문학상을 받는 이에게 주어지는 상품이란다. 상금보다 귀하게 여겨졌다. 어린이백일장 입상자에게는 방울토마토 모종이 상품으로 주어졌는데, 그 또한 열매를 맺을 때까지 고사리손의 사랑을 받을 것이다. 어느 것 하나 시간과 정성을 쏟지 않으면 결실을 볼 수 없다는 진리를 수상자들에게 말없이 보여주는 것 같았다.

제주에서는 쉽게 접하기 어려운 판소리를 여기서 듣다니 그 또한 감사했다. 장구 장단과 판소리 창이 춤추듯 향교 지붕을 넘나들었고, 피아노 반주에 맞추어 가곡이 마당 가득 울려 퍼졌다. 피아노 반주와 노래는 푸른솔문학회 회원들의 재능기부라니 부럽기만 했다.

잔디 마당에는 고목임을 단번에 알 수 있는 버드나무 사진을 전시하고 있었는데, 문학제의 이름을 탄생시킨 주인공 나무라고 한다.

그 지역에 500년이나 된 큰 버드나무가 있었는데, 새 길을 내면서 버드나무를 잘라야 하는 상황이 왔다. 그 지역 주민들은 오랫동안 마을과 함께해 온 버드나무를 살려야 한다고 한목소리를 내었고, 백방으로 뛰어다닌 결과 그 뜻이 받아들여져서 결국 도로는 돌아가게 되고 버드나무는 목숨을 유지하게 되었다고 한다. 개발이라는 논리 앞에 당당하게 맞서 지켜낸 버드나무 사랑이야기는 실로 감동적이다. 한 그루의 나무를 살리기 위한 노력의 중심에 문인들이 앞장섰다는 것 또한 뿌듯한 일이다.

그 후 해마다 푸른솔문학회의 문인들이 버드나무 문화축제를 열고 있는데 올해가 4회째가 되는 해란다. 마을 지킴이와도 같은 버드나무와의 동행이 지역 문화축제로 거듭난 셈이다. 앞으로도 이 아름다운 동행은 꽃이 되고 열매를 맺어 풍부한 결실을 안겨줄 것이다.

마당 한편에서는 호드기를 만드는 여인들의 손길이 바쁘다. 호드기는 물오른 버들가지를 비틀어 뽑은 통껍질이나 밀짚 토막 따위로 만든 피리의 하나이다. 어린 버드나무 가지의 껍질만 남게 속을 비틀어 빼내면, 속살이 빠져나간 껍질이 피리로 변신한다. 입에 물고 불어 봐도 소리가 나지 않는다. 어린 시절 보릿짚으로 호드기를 만들어 불어본 기억이 있어서 소리 내는 것은 문제없다고 생각했었다. 오만이었다. 이것도 악기라고 연습이 필요한가 보다. 점점 오기가 생겼다. 몇 번의 시도 끝에 신기하게도 소리가 났다. 호드기를 입안으로 적당히 집어넣어서 불어야 소리가 난다는 것을 나름(?) 깨닫고 소리내기에 열을 올렸다.

드디어 호드기 불기 대회가 시작되었고 앞서 몇 사람이 나와서 하는 걸 보니 한 번 나서고 싶었다. 막상 마이크 앞에 대고 호드기를 부니 소리가 '삑―' 하고 끊기기를 반복한다. 마음과 같이 되지 않아서 민망하였다. 관객들에게 웃음을 자아내게 하고 새로운 경험을 해 봤기에 아직도 잊히지 않는다. 제주수필문학회 회원들도 마이크 앞에서 제법 호드기소리를 잘 내었다.

풀피리의 가늘고 긴 소리가 그 사람의 한을 풀어놓는 것 같기도 했다가 어느 순간 사이렌 소리가 되기도 했다. 관객도 웃고 하늘의 구름도 잠시 웃음을 보내는 것 같았다. 호드기 소리를 내는 이나 듣는 이나 모두가 즐거운 호드기 불기대회의 대상은 제주수필문학회 회원에게 돌아갔다. 멀리서 왔다는 배려점수도 포함되었으리라. 다시 기회가 주어진다면 제대로 만들어서 불어보고 싶다. 내 마음 속의 한도 호드기의 소리에 담아서 말이다.

이번 제주수필문학회의 도외 나들이는 우리 문인들이 지역사회를 위해 무엇을 어떻게 해야 함이 옳은지 생각해 보게 하였다. 지역사회를 위해 글로써 뿐만 아니라 더 적극적인 방법으로 도민들의 정서함양과 문학의 저변확대를 위해 애쓰시는 푸른솔문학회 회원들이 존경스러웠다. 다음날까지 버스제공과 주변 관광지까지 동행해 주시는 세심한 배려, 문의향교에서 울려 퍼진 '오, 내 사랑 목련화', '그리운 금강산' 노랫소리와 호드기의 울림소리가 아직도 귀에 쟁쟁하다.

(2013. 『제주수필』)

도전

　　여름휴가에 대한 모든 것을 남편에게 위임하였다. 국내 3박 4일 정도의 기간이면 좋다는 의견을 덧붙였을 뿐이다. 장소가 뭐 그리 중요한가. 함께 떠나는 그 자체가 힐링이지 싶기도 하고 미리부터 수선 떨기보다 짜놓은 계획에 동행하는 게 편하기도 해서이다.

　　출발 하루 전에야 목적지가 지리산이라는 것을 알았다. 그것도 종주 코스로 등산하는 것이다. 종주라니, 이 나이에 갈 수 있으려나? 하는 부담도 있었지만, 더 미루면 지리산 종주는 물 건너갈 것 같아서 남편과 함께라서 한 번 도전해 보기로 했다.

　　남편은 2년 전 혼자 지리산 종주를 하고 나서 지리산 예찬론자가 되었다. 돌아왔을 때 "내가 제주도에서 태어나지 않았더라면 지리산에 움막 하나 지어서 살았을 거야." 라고 했다.

　　사십 대 초에 동생네랑 뱀사골 코스로 천왕봉을 올랐던 기억이 아련하지만, 정말 내가 그 곳에 갔었는지조차 희미하다. 이번 기회에 다시 한 번 지리산을 제대로 걸어보겠구나 했다. 설레는 마음으로 등산채비를 꾸리며 대피소 예약을 물었더니, 못했다면서 가면 다 해결된다는 긍정에너지로 나를 안심시켰다.

고속페리와 연계된 광주행 무료버스에 몸을 싣고 룰루랄라. 광주에서 다시 화엄사까지 버스로 이동하며 스쳐 지나는 것들과 조우하다 보니 벌써 하루가 저물었다. 산채 비빔밥과 막걸리 한 병을 놓고 부부는 이게 바로 행복이라며 잔을 부딪쳤다. 다음 날은 새벽 3시부터 올림픽 한·일 축구전이 있는 날이라 승리를 기원하며 일찍 잠자리에 들었다.

새벽 6시, 성삼재까지 가는 버스에 오르자 이미 등산객들이 자리를 채우고 있었다. 꼬불꼬불 올라가는 버스도 힘에 겨운지 조심스럽다. 차창 밖 풍경은 거대한 초록 숲이 보여주는 엄숙함 그 자체였다. 새벽안개가 뿌옇게 골짜기를 메웠다가 슬쩍 비켜서면, 방금 목욕한 숲이 초록의 향을 피워낸다. 지리산의 아침을 이렇게 신령스럽고 웅장한 모습으로 만나게 되다니 감동이 아닐 수 없다.

성삼재에서 아래로 내려다보니 저 아래 마을과 골짜기가 아득하다. 어제 아래에서 본 저 높은 곳에 지금 내가 서 있는 것이다. 높게만 보이던 곳인데, 막상 그 자리에 서면 다시 더 높은 곳에 오르고 싶으니 그게 우리네의 모습이다. 이런 끝없는 욕심이 히말라야를 정복하게 하고, 과학의 발달을 불러오게 한 원천이 되었겠지.

영국의 유명한 등반가, 조지 말로리(George Mallory)는 "산이 거기 있기에 산에 간다."는 유명한 말을 남겼다지만, 산을 찾는 사람들은 각각의 목표가 있어 오르고 있을 것이다. 어떤 이는 정상에 오르는 것이 목표일 수 있고 어떤 이는 그저 산의 품에 안기어 걷는 것이 목표일 수 있다. 이번 지리산 종주라는 나의 목표는 나의 체력을 가늠해 보기 위함도 있고, 지리산의 등줄기를 밟고 그 정기를 마시며 천왕봉 정상에 오르는 것이다.

본격적인 등산에 앞서 장비를 점검하는데, 남편 배낭끈이 부실하다. 남은 일정을 소화해내기엔 어딘가 불안했다. 1박 2일 동안 함께 할 배낭이기에 중간에서 낭패를 보지 않기 위해 성삼재에서 배낭을 하나 샀다. 등산장비 가게가 있어서 얼마나 다행인지 감사했다.

새벽에 한국이 일본과의 축구에서 승리한 덕분인지 발걸음이 가볍고 상쾌했다. 노고단을 지나고 삼도봉 근처에서 준비한 도시락을 먹고 세석대피소까지 무사히 갔다. 걷는 도중 만난 예쁜 꽃들을 스마트폰에 담으며 여유롭게 걸었다. 세석대피소에서의 저녁은 버너에서 갓 지은 밥과 찌개뿐이었지만 꿀맛이었다.

다음 날 새벽에는 비가 내렸다. 산 날씨는 종잡을 수가 없다더니 비 날씨라서 과연 정상에 갈 수 있을지 걱정하며 걸었다. 어느 순간부터 점점 힘들어졌다. 다리는 천근만근이다. 장터목 대피소까지 어찌어찌 기어가듯 도착했다. 잠시 쉬고 나니 살 것 같았지만, 남편은 한 치의 망설임 없이 하산을 권유했다. 천왕봉까지는 적어도 한 시간 반, 아무래도 무리일 것 같아서 내린 결정이다. 고지가 바로 저기라고 하지만, 욕심이 지나치면 화를 부른다. 순순히 따를 수밖에.

정상에 대한 미련을 남기고 백무동계곡을 타고 하산을 했다. 백무동계곡은 장터목에서 내려올 때 처음 경사가 심한 곳을 제외하고는 줄곧 계곡을 따라 걷는 길이다. 비가 와서 물소리는 더욱 우렁찼고 계곡의 바위들, 아름드리 어우러진 나무 숲길이 아름다웠다. 자연이 만들어낸 이 장관을 누가 찬미하지 않을 수 있으리오. 간혹 다리를 쉬는 동안도 백무동계곡의 물소리는 여전했다.

내려와서 배낭을 풀어보니, 아뿔싸 늘 갖고 다니는 수첩이 푹 젖어서 글이 몽땅 사라져 버렸다. 수성 펜으로 적었으니 물에 다 씻겨 결국 허연 종이만 남았다. 미리 비닐봉지로 쌌는데도 그런 일이 있어서 비를 원망했다. 그 후 메모는 반드시 볼펜으로 한다.

산을 오르는 일은 힘에 겨운 일이지만, 내려올 때는 힘든 줄 모르고 내려왔었는데, 이번은 아니었다. 올라갈 때 못지않게 내려올 때도 만만치 않았다. 내 나이를 의식하지 않을 수 없었다. 거친 숨소리에서도, 계단을 내려올 때 다리의 후들거림, 무릎 울림, 무거운 다리, 모든 게 전과 다르다.

하느님은 오묘하시다. 인생의 오르막길도 힘들지만, 내리막길도 조심해야 하는 것을 이렇게 알려주시다니. 지금까지는 높은 곳을 향하여 걷고 또 걸었다면 이제는 더 욕심부리지 말고 조심스럽게 내려가라신다. 수첩에 기록된 모든 것도 한순간에 날아갈 수 있듯이 지금 나의 건강도 어느 순간 어떻게 될지 모를 일이다.

그래도 버킷 리스트 중 하나인 뉴질랜드 밀포드 트레킹 코스는 한 번 도전해 보고 싶다. 세계 10대 트레킹 코스로 알려지기도 했지만, 다녀온 친구가 아주 좋았다는 말에 더 가고 싶었다. 언젠가 그 길을 남편과 나란히 걷게 되는 꿈을 꾸어본다. 하느님께서 그게 욕심이라고 하시려나?

(2013)

도
전

퀼트를 하며

성당에서 자주 만나는 지인이 예쁜 퀼트 가방을 들고 다니는 것이 보기에 좋았다. 퀼트 제품은 소재가 주로 면이기 때문에 촉감과 질감이 좋다. 무식하면 용감하다고 그녀를 졸라서 가방 만들기에 도전하였다.

자를 이용하여 정확한 크기로 모양을 조각조각 자르고, 그 조각들을 색깔별로 맞추어 이어나가는 일이 여간 힘든 게 아니다. 이은 천과 안감 사이에 솜을 넣고 바느질을 하는데 마음처럼 진척이 안 된다.

퀼트용 바늘은 보통 바늘보다 더 작은 바늘로 하므로 바늘 끝에 집중하지 않으면 땀이 고르지 않게 되기도 하고, 어떤 때는 바늘에 찔리기도 한다.

없는 솜씨에 온 정신을 쏟아 바느질하다 보니 손 부리도 아리고 눈도 피로했다. 점점 바늘 잡는 날은 줄어들고 종일 그 일에 매달릴 수도 없는 노릇이라 완성의 날은 멀기만 했다. 결국에는 그녀가 재봉틀로 박아주어서 가방은 완성되었지만, 대신 만족감은 반으로 줄었다. 생각만 갖고 덤빈 결과는 이렇게 실패한다는 교훈을 준 셈이다.

그 후 손수 퀼트 제품을 만든 사람을 만나면 그 사람을 다시 보게 되었다. 그것을 만들기 위해 얼마나 많은 정성과 시간을 쏟았는지 알기 때문이다. 무엇이나 시간을 들이지 않고 이루어지는 일은 없지만 퀼트는 처음부터 끝까지 바늘 한 땀 한 땀에 집중하지 않으면 안 된다. 그리고 완성될 때까지는 인내의 바느질 시간이 필요하다.

퀼트는 아주 오래 전 시작된 손바느질에서 그 유래를 찾을 수 있다. 퀼트(Quilt)는 라틴어 퀼티아(Cultita-속을 채운 봉투라는 의미)에서 유래된 말이라고 한다.

고대 이집트 파라오 상에 마름모형의 퀼팅을 한 망토를 두른 것으로 보아 이집트인들도 오래 전부터 퀼팅을 한 것으로 해석하고 있다. 몽골에서도 B.C. 100년에서 A.D. 200년의 것으로 보이는 퀼트 작품이 발견된 것으로 보면, 퀼트의 역사는 인류의 역사와 같을지도 모른다는 생각을 했다.

수렵을 하던 시대에는 동물의 가죽을 이어 붙이는 과정을 거쳐 몸을 보호하는 옷을 만들었고, 천과 천 사이에 솜을 놓아 따뜻하고 오래 입을 수 있도록 꿰매었다. 우리나라에도 삼국시대 벽화에서 누비 작업을 한 의상을 찾아볼 수 있다고 한다. 그렇다면 우리 선조들이 겨울철 누비 솜옷을 만들어 입은 것도 지혜로운 퀼트의 발전이라고 할 수 있다.

나처럼 퀼트에 대한 초보자는 아주 작은 소품부터 시작했어야 했다. 바느질만 할 줄 알면 되는 게 아니라 꼼꼼함과 끈기가 있어야 완성을 할 수 있음을 이번에 알았다.

시작이 반이라지만 시작만 해놓고 완성을 못 하면 아니함만 못하다. 미완성의 가방에 대해서 자책을 해 봐야 소용없는 일이었다. 덩달아 시작해 놓고 마무리를 하지 못한 일들이 우뚝우뚝 일어서며 나를 비웃고 있다.

그렇다, 나에게는 아직 마무리하지 못한 일이 많다. 그 일이 미완성이 되지 않도록 다시 고삐를 잡을 것이다. 새로운 일을 시작하기 전에 과연 잘할 수 있을지를 생각해 볼 일이다. 이왕 시작했으면 포기하지 말고 인내를 가지고 끝까지 해야 함을 질책하고 있다.

나의 첫 작품은 절반의 실패였지만 그 후에 작은 파우치는 완벽하게 완성을 했다. 완성되기까지 한 땀 한 땀 헤아릴 수 없을 만큼 바늘이 오갔으니 뿌듯함이 컸다. 그러나 냉철하게 품평을 한다면 초보자가 한 티가 났다. 바느질이 삐뚤어진 곳도 보이고 바늘땀이 고르지 못한 곳도 눈에 띈다.

그런데 바느질을 하는 동안에는 잡념이 없어서 좋았다. 마음의 파도가 가슴 벽을 치고 올라올 때도 바늘과 함께하다 보면 어느새 잠잠한 바다처럼 평온해지니, 이것이 퀼팅에 빠져들게 하는 매력인지도 모른다. 어떤 사람은 부부싸움한 후에 마음을 진정시키는 데는 퀼팅만한 것이 없다는 말을 한 사람도 있다. 그만큼 퀼트를 하는 동안에는 집중과 몰입을 해야 하기 때문이다.

퀼트의 바느질 자국을 보면서 나의 삶의 바느질을 되돌아본다. 순간순간 최선의 삶을 산다고 했지만 살아온 시간을 돌아보면 삐뚤삐뚤한 바느질 자국도 보이고 땀이 고르지 못한 흔적들이 보인다.

그러나 어쩌랴, 우리는 모두가 인생 퀼트의 초보자인 것을. 인생이 다 하는 날까지 우리는 삶의 조각들을 꿰매어서 자기만의 작품을 남겨야 하는 숙제를 안고 있다. 비록 느리더라도 꾸준히 말이다.

남은 시간만이라도 퀼트 하는 순간처럼 평온 속에서 한 땀 한 땀 사랑을 엮어가는 삶이었으면 좋겠다.

그래서 나의 인생이 다하는 어느 날 나만의 퀼트 소품이 완성되기를 기다려 본다. 그 작품은 다름 아닌 나의 삶의 조각들을 하나하나 이어 붙여서 누군가의 마음을 따뜻이 감쌀 수 있는 바로 '사랑'이라는 작품이다.

(2012. 1. 「문학신문」)

취미도 경쟁력이다

청주 교원대학교에서 교장 자격연수를 받게 되었다. 교직생활에서 가장 자랑스러운 연수라고 일컫는 만큼 감사한 마음으로 가방을 챙겼다. 교원대학교 종합교육연수원 함덕당이라는 숙소에 짐을 풀면서 한 달 동안의 집합연수 동안만이라도 여가를 알차게 보내리라는 다짐을 했다.

한 달 동안의 긴 연수라 건강을 위해 운동도 하고 읽고 싶었던 책도 읽고 다른 지방 선생님들도 사귀겠다는 나름의 계획을 세웠다.

운동할 수 있는 여건은 잘 마련되었다. 연수원 안에 실내 헬스장, 탁구장, 골프연습장 등이 있었고, 연수원 근처에 수타리봉이라는 작은 산이 있었다.

제주의 여선생님들과 수타리봉을 매일 다녀오기로 하고 저녁에 시간을 정해서 만났다. 수타리봉은 충북 청원군 강내면 다락리에 있는 높이가 해발 126미터 밖에 안 되는 나지막한 산이다.

수타리봉을 향하는 마을길은 정겹다. 사월이라 주변 논밭은 휴식기에 들어갔고 길가의 나무들은 봄꽃을 피우느라 바쁘다. 노란 산수유 꽃이 반기고 매화꽃, 벚꽃도 함께 인사한다. 마을길을 지나 수타리봉의 경사진 솔숲을 오르다 보면 나무의자나 운동기구가 놓여있는 쉼터도 보이고 정상에는 '수타리봉탑'이라고 쓰여진 표지석이 있다. 표지석이 위쪽으로 갈수록 좁아지는 동그란 원통을 엎어놓은 모양인데 어린 남자의 중요 부분 같다는 생각을 했다.

내려오는 길에는 묘소도 만나고 김을생 효자 정문이 세워진 곳도 지나게 된다. 약 한 시간이면 족히 다녀올 수 있는 코스라 운동하기에는 적당했다. 그런데 제주팀 모임, 분임모임, 방모임 하는 날을 제외하다 보니 성과는 미미했다.

독서도 마찬가지다. 하루의 연수 일과 후에 책을 읽을 수 있는 시간은 그리 많지 않았다. 아침잠을 반납할 능력도 없고 늦은 밤까지 책과 벗하는 것도 열정이 식었는지 전 같지 않았다. 연수교재로 주어진 '신 교장학' 세 권도 숙제처럼 버거웠다.

여가생활도 한정된 시간을 효율적으로 잘 활용하되 꾸준함이 있어야 결실이 있다. 옆방 선생님은 아침, 점심, 저녁에 틈만 나면 걷는다. 그래서 그런지 날씬하다. 휴일이면 등산도 자주 하고 걷기 여행을 즐긴다고 했다. 다른 선생님은 이번 연수 동안에 500 페이지짜리 책 두 권을 읽었다고 했다. 새벽 물안개가 피어오르는 장면을 사진으로 찍기 위하여 새벽 세시에 일어나셨다는 분도 계셨다.

취미활동도 그 정도로 열정적으로 해야 뭔가 남는 거다. 그렇게 열정을 가지고 취미생활을 한 사람들은 결국 취미가 개인의 경쟁력이 되기도 한다.

연수 끝나기 하루 전날 '지도자의 밤'에서 보여주신 여러 선생님의 장기자랑을 보면서 감탄을 금치 못했다. 멋들어진 색소폰연주, 아름다운 화음을 넣은 하모니카 연주, 음악에 맞추어 부드럽게 춤을 추는 발리댄스, 턱시도까지 입고 성악가 못지않게 노래하는 선생님, 잔잔한 음성의 시낭송 등 어느 것 하나 부럽지 않은 것이 없었다. 그분들은 선택과 집중, 꾸준함으로 결실을 이루어내신 분들이다. 부러움의 시선으로 힘찬 박수를 보내면서 이제부터라도 특기를 살릴 수 있는 취미활동을 꾸준히 해야겠다는 생각을 했다.

나에게 취미가 무엇이냐고 물어온다면 딱히 대답할 말이 떠오르지 않는다. 서예, 사군자 그리기, 파스텔화 그리기, 오카리나, 수영? ……어느 것 하나 꾸준히 해 온 것이 없으니 내세울 것도 없다. 그나마 오래 전에 배운 수영실력으로 가끔 수영장을 찾을 수 있다는 게 다행이다.

수영을 배운 때는 1994년쯤으로 기억된다. 신제주에 신한 백화점이 들어서면서 그 안에 실내수영장이 생겼다. 수영장이 집에서 가까웠기에 아침 시간에 배워보겠다며 시작을 했다. 초등학교 3학년 아들과 같이 새벽공기를 마시며 수영장을 다녔는데, 아들은 그 덕분에 초등학교에서 수영선수로 활동할 기회를 얻어 메달을 받기도 했으니 취미가 특기가 된 셈이다.

어떤 날은 가기 싫어서 이불을 감싸 안고 있으면, 남편은 이불째 침대 밑으로 밀쳐내며 수영장으로 내몰았다. 지금 생각하면 고마운 일이다. 그때 배운 수영실력이 나의 여가생활을 즐겁게 해 주고 있으니 말이다.

수영은 물을 가르고 앞으로 나아갈 때는 힘이 들기도 하지만, 물의 부드러움과 적당한 압력은 몸의 기분을 좋게 한다. 아마 자궁 속에서 노는 태아의 기분도 그러했으리라. 전신운동이라 적당한 시간의 수영을 하고 나면 피로가 풀린 듯 기분이 상쾌하고 개운하다.

가장 확실한 노후준비는 건강이라는 말이 있다. 취미생활이 정신적 육체적 건강에 도움이 되고 소질계발과 특기신장에까지 이바지하게 된다면 그 이상 좋을 순 없다.

좋아하는 취미활동으로 정서적 안정을 찾고 운동으로 육체의 건강을 지키는 것이 노후 최대 경쟁력이다. 좋아하는 곡 하나 멋들어지게 연주하는 후일을 상상하며 그 사이 배우다 만 악기를 꺼내어보며 적어도 일주일에 세 번은 수영과 악기연습을 하자고 마음을 다잡는다.

(2012. 『제주여류수필』)

취미도 경쟁력이다

청소 잘하는 여자

새 학기 강의를 시작하기 전에 학생들에게 졸업 후의 희망과 자기의 장점에 대하여 간단히 써서 발표하는 시간을 가졌습니다. 학생들 대부분이 불확실한 미래에 대해 불안해 하고 있었고 더구나 자신의 장점을 자랑스럽게 말하는 학생은 몇 안 되었습니다.

야간대학이라 학생들은 20대에서 50대까지 다양합니다. 그중에는 늦깎이로 대학생이 된 전업주부도 있고 직장이 있지만 장차 사회복지분야의 일을 해 보고 싶은 학생, 지금 사회복지분야의 일을 하는 학생도 있습니다.

그러나 딱히 뚜렷한 목표의식 없이 사회복지사와 보육교사 자격증을 따기 위해 대학에 들어온 학생들도 있습니다.

그중에서 기억에 남는 발표를 한 학생이 있습니다. 성폭력피해여성 쉼터에서 일하고 있는 50대 학생의 말입니다. 그녀는 졸업 후에 폐교나 폐가를 사들여서 잘 손질한 후 카페처럼 꾸며 오가는 사람들에게 차도 대접하고, 오갈 데 없는 분들을 돌보는 시설을 꼭 만들고 싶다고 했습니다. 그리고 "저는 청소를 깨끗이 잘합니다. 노래도 잘 부르고 춤도 잘 춥니다." 방실거리는 그녀의 표정은 천진스러웠고 목소리에는 자신감이 배어 있었습니다. 덧붙이는 말은 자신이 지금 행복하다는 것입니다. 남달리 표정이 밝은 이유가 거기에 있었습니다. 그녀 안에서 자라는 긍정의 싹이 푸르게 자라고 있음을 보았습니다. 그 싹이 꽃이 되고 열매가 되기를 소망했습니다.

자존감은 자신을 사랑하는 데서 나옵니다. 자신을 사랑하는 사람은 그 사랑이 익어가면서 남도 사랑할 수 있습니다. 남을 위해 할 수 있는 일이 있다는 것은 행복한 것이고 그 일 또한 사랑을 실천하는 일이라고 생각합니다. 나보다 어려운 이웃을 위해 내가 할 수 있는 일을 미리 준비하고 계획하는 그 마음도 훌륭했지만, 사소한 것일지라도 자신이 가진 장점들을 사랑하며 행복하게 살아가는 모습이 아름답게 보였습니다.

청소 잘하는 것이 자랑거리일 수 있느냐고 반문할 사람도 있을지 모르지만, 저에게는 그 말이 신선하게 다가왔습니다. 우리 주변에 청소를 잘한다고 자랑할 수 있는 여자는 흔치 않습니다. 청소나 설거지는 귀찮은 일이고 마지못해 하는 일이라고 여기는 나에게는 부러움의 대상이었습니다. 식구 중 누구라도 집 안 청소를 해준 날은 복 받은 날이라고 좋아합니다. 저는 청소를 잘하지 못합니다. 가끔은 대청소를 한답시고 집 안의 구석구석의 것들을 꺼내서 먼지를 닦아내고 정리정돈을 한다고 했는데도 어딘가 부족한 듯합니다.

그래서 청소는 해도 해도 끝이 없다는 말을 하는 것 같습니다. 청소 후 얼마 없어 제자리 못 찾은 물건들을 보게 됩니다. 그들이 적재적소에 있다가 필요할 때마다 부르면 '네' 하고 달려 나왔다가 다시 제자리로 쑥 들어가면 좋겠다는 상상을 합니다.

어떤 집을 방문했을 때 청소가 깨끗이 되어있고 정리정돈이 잘 되어있으면 그 주인을 다시 보게 됩니다. 살림도 반듯하게 잘살 거라고 믿어집니다. 반면 화려하게 치장을 하고 다니는 사람인데 집 안 청소와 정리정돈이 잘 안 되어 있으면 그 또한 얘깃거리가 되기도 합니다.

더러운 곳을 깨끗이 닦아냈다고 청소가 다 되는 것은 아닙니다. 집 안의 온갖 물건들을 제자리에 정리하는 일이 더 어렵습니다. 제자리를 찾지 못한 물건들이 눈에 밟혀도 어떻게 수납할지 몰라 여기에 두었다가 저기에 두었다가 합니다. 세월이 흐를수록 집 안의 물건들은 점점 늘어나지 줄어들지 않습니다. 하나를 들일 때는 그만큼 내보내야 하는데 그게 잘 안 됩니다. 버리는 학습이 안 되었기 때문이지요. 어머니께서 옷이나 물건을 내다 버리는 것을 본 적이 없는 저로서는 무엇을 내다버리기가 쉽지 않습니다.

어떤 연유로든 인연이 되어 우리 집에 들어온 것들을 쉽게 내보내지 못하는 이유도 그렇습니다. 일 년에 한 번도 나들이를 못 한 옷들이 옷장을 차지하고 있지만, 내다버릴 용기가 나지 않습니다. '언젠가는 입을 거야, 입을 수 있어' 그렇게 약속한 옷들이 해를 넘긴 채 아직도 옷장에서 잠을 잡니다.

봄 햇살이 사랑스러운 주말에 청소 했습니다. 청소 잘한다는 그 학생을 생각하며 나도 청소를 잘해 보고 싶었습니다. 청소기를 돌리고 먼지도 닦아냈습니다. 집안 곳곳에 별 필요도 없지만 내보내기엔 미련이 있는 녀석들과 눈이 마주쳤습니다. 저것들을 어쩌지? 버려? 놔둬? 용기를 내고 과감히 그 녀석들과 작별하기로 했습니다. 더러는 동네 쓰레기

수거함으로 갔고, 더러는 의류 수집함으로 보내졌습니다. 입었던 옷이지만 누군가가 다시 입어 그 옷에 생명을 주면 고맙겠다는 생각을 했습니다. 겨우내 수고한 옷들은 편히 쉬게 하고 대신 상자 속에서 잠을 자던 얇고 가벼운 옷들을 옷장으로 초대했습니다. 옷장의 평수가 훨씬 넓어진 느낌입니다. 집안의 물건들도 대충은 제자리를 찾은 듯합니다. 내 마음에도 산들 봄바람과 따사로운 햇살이 찾아들었습니다.

이참에 마음 청소까지 해야겠습니다. 온갖 상념들이 들어차 있는 복잡한 마음을 정리하여 헐거워진 옷장 속처럼 가지런한 마음이 되고 싶습니다. 무엇보다 입지 않는 옷처럼 마음 안에 가두어두었던 헛된 상념들을 내보내야겠습니다.

(2012. 『제주여류수필』)

4부

크리스티나

· · · · ·

조수아 作 _ 고향길 l · 72,7×60,6cm, Oil on Canvas

가짜 하객

머칠 휴가로 고향에 다녀오신 수녀님께서 조카의 이야기를 풀어놓으셨다. 대학을 졸업한 조카가 서울에서 취직되어 모두 좋아했다고 하셨다. 조카는 처음 몇 달은 주말마다 시골 부모님 뵈러 내려왔는데 그다음부터 집에 내려오지 않았다. 조카의 부모님은 그 서운함을 수녀님께 털어놓았다. 수녀님은 조카에게 당장 전화를 걸어 집에 내려오지 못하는 이유를 세세히 물었다. 알고 보니 조카는 결혼식 하객 아르바이트를 하고 있었다. 수녀님은 그 말에 충격을 받았다면서 세상이 참 이상하게 돌아가는 것 같다고 하셨다.

나는 전에 드라마에서 결혼식장에서 친정어머니역을 대신하는 장면을 본적이 있어서 그런 행태는 몇 년 전부터 있었음을 알고 있었다. 드라마가 현실이 되었다는 것을 수녀님은 모르고 계셨던 게다.

인터넷에 '결혼식 하객 대행' 이라고 치자 업체가 줄줄이 나온다. 신랑 신부들이 염려하는 내용에 대한 답변도 소상하게 안내하고 있었다. 열 명 이내는 신청을 안 받는다는 곳도 있었다. 그만큼 시장이 커지고 있다는 증거다.

결혼식장의 하객으로 가면 신랑 신부의 친척이나 친구, 때로는 아는 언니의 역할을 대행하는 거다. 예식장에 자리를 잡고 앉았다가 사진 찍을 때 가족이나 친지처럼 연기도 하고 함께 사진도 찍어주고 받는 돈은 2만 원. 주말에는 두세 탕 뛰다 보니 고향 갈 시간이 없단다. 돈의 유혹에 넘어가면 고향 부모님을 찾아뵙는 일은 뒷전일 수밖에 없다.

돈벌이라면 그 어떤 것도 마다치 않는 세상이다. 몸을 담보로 힘들이지 않고 쉽게 돈을 벌 수 있는 유혹에 젊은이들이 흔들리고 있는 이 사회가 문제다. 취직한 사람도 유혹을 뿌리치지 못하고 나서는데, 구직자들에게는 그것도 감지덕지한 알바 자리가 될 수밖에 없다. 노동하지 않고 자리만 채우고 얼굴만 내세워 돈을 버는 행태가 못내 못마땅하다. 종일 폐지를 모아서 생활하는 노인들이 생각난다. 종일 모아도 2만 원 벌기가 쉽지 않을 터이다.

아무리 돈이 좋다지만 상대가 원한다고 다 들이대는 젊은이들이 무섭기도 하고 염려된다. 돈이라면 무엇이라도 해도 된다는 생각이 자칫 인간의 윤리 도덕을 넘어설 것 같아서 씁쓸하다. 진실하게 사는 것이 우리 사회의 미덕일진대 결혼식 날부터 가짜 하객을 사서 결혼식을 올리면 그 결혼생활은 출발부터가 가짜인 셈이다.

결혼식 문화도 문제다. 사돈 측 사람들에게 기죽지 않기 위해서 사람을 동원해서라도 자리를 채워야 체면이 서는 줄 아는 잘못된 인식부터 고쳐야 할 것이다. 언제부터인가 사돈지간은 가족이 아닌 경쟁의 대상이고 비교의 대상이 되어 버렸다. 아들딸을 사이에 두고 예물비용 등을 따지며 신경전이 오가는 경우도 종종 봐왔다.

세계 어느 나라가 우리나라처럼 가짜 하객들 앞에서 결혼식을 하는 나라가 또 있는지 알고 싶다. 없으면 없는 대로 소박한 결혼식이 아름답다. 돈 자랑, 사람 자랑하는 결혼식이 아니라 신랑 신부 측 두 가족이 하나의 또 다른 가족을 탄생시키는 따뜻하고 정이 넘치는 아름다운 결혼식이면 얼마나 좋을까.

아름다운 결혼식도 많다. 가족과 친지들만 모시고 조촐하게 결혼식을 치르는 사람들도 있고, 축의금을 사양하는 결혼식도 보아왔다. 축의금보다 신랑과 신부에게 전하는 메시지를 원하는 경우도 있다. 그 메시지들은 신랑 신부에게 결혼 생활의 굴곡들을 잘 넘길 수 있는 밑거름이 될 것이기 때문이다.

얼마 전 이효리가 제주도 자신의 집에서 결혼식을 올렸다. 철저하게 언론을 통제하고 지인들과 친척들 약 구십여 명이 참석하였다고 한다. 대한민국 톱스타의 결혼식이라 온 국민이 관심을 두고 있었지만, 비밀 결혼식이라는 말이 나올 정도로 허례허식 없는 결혼식을 치렀다는 후문이다.

친척의 결혼식장에서 사진을 찍게 되었다. 집안의 어르신을 비롯한 꼬마들까지 카메라 앞에 섰다. 모두가 일가친척이라 모르는 사람은 아무도 없었다. 상대편 가족들도 서로 카메라 앞으로 모여들었다. 환하게 웃는 모습이 인상적이었다. 수녀님 말씀이 생각나서 혹시 저 사람들 중에 알바로 온 '가짜 하객'이 있을까? 하는 생각이 스쳤지만 이내 접었다. 제주도는 서울과 다르니까.

(2014. 봄.『지구문학』)

노년의 사랑

나는 영화를 좋아하는 편이다. 일상에서 느끼지 못하는 색다른 감동이나 재미, 쾌감, 깨달음 등을 영화를 통해 느낄 수 있기 때문이다. 영화를 보는 동안은 일상의 상념에서 벗어나 오직 화면에 몰입하여 새로운 세계를 만나는 기쁨이 있다.

영화관에 갈 시간적 여유가 없을 때는 컴퓨터로 좋은 영화를 다운받아 보기도 한다. 영화는 내가 문화와 소통하는 가장 쉬운 통로라고 할수 있다. 오랫동안 영화를 안 보면 배고픔 같은 문화갈증 현상이 나타나 삶이 건조하게 느껴지기도 한다.

영화 〈그대를 사랑합니다〉가 관객 150만을 넘겼다는 소리를 들었다. 일단 관객이 많으면 좋은 영화일 가능성이 높기에 남편과 같이 영화관을 찾았다. 기대와는 달리 관객은 우리 부부를 포함하여 여덟 명뿐이어서 영화에 대해 기대감이 사라질 것 같은 염려가 잠시 스쳤지만, 화면이 움직이자 그 생각은 곧 사라졌다.

추운 겨울 우유 배달하는 김만석(이순재 분)의 오토바이 바퀴에서 튕

겨 나온 돌멩이가 폐지를 모아서 근근이 생활하는 송 씨에게 날아갔고, 이 때문에 둘은 어색한 상면이 이루어진다. 자주 마주치는 얼굴이었다는 사실을 알고 둘은 서로에게 관심을 가지면서 사랑이라는 감정이 싹튼다.

김만석(이순재 분)은 아내를 병으로 먼저 보낸 사람이다. 무뚝뚝한 전통적 한국 남편이었던 그는 아내를 먼저 보내고 나서야 아내의 소중함을 느낀다. 송 씨(윤소정 분)는 어린 시절 결혼생활에서 폭력 남편을 만나 헤어진 후 혼자 지내는 외로운 노인이다. 장군봉(송재호 분)은 아들딸을 다 출가시킨 후 치매를 앓는 부인 조순이(김수미 분)와 단둘이서 산다.

장군봉은 동네 주차관리원으로 근무하는데 치매를 앓는 부인을 혼자 집에 두고 밖에서 문을 잠그고 일터로 나간다. 집에 남아있는 장노인 아내의 방 벽에는 조순이가 그린 달과 별, 산, 들, 아름다운 꽃그림이 그려져 있다. 치매노인 조순이가 그린 것이다. 그녀는 그렇게 작은 방의 다른 세상에서 살았고, 남편은 현실의 삶의 무게를 혼자 짊어지고 외롭게 버티어 나간다. "오늘은 뭐했어?"로 남편을 맞이하는 아내의 투정을 사랑과 연민으로 바라보며 씻겨주고 닦아준다.

그러다 어느 날 늦잠을 자는 바람에 문 잠그는 것을 잊고 출근을 했고, 조순이는 내의 바람으로 대문 밖 세상으로 나와 김만석 할아버지를 만나고 다시 남편 장군봉을 만나는 사이에 벌어지는 에피소드는 보는 이를 울다가 웃다가 하게 만들었다. 오토바이 뒤에 타고 있는 순이는 만석을 남편이라고 여기고 행복한 웃음을 띠면서 좋아하는 모습이 아직도 눈에 선하다.

우여곡절 끝에 아내를 찾은 장노인은 김만석과 친구가 되고 서로의 속마음을 알게 된다. 노인이 되면 사회적 활동이 줄어들고 그로 인해 심리적으로 위축된다. 그때 둘은 만났고 성격상으로 전혀 공통점이 없지만, 두 남자는 황혼의 길을 가는 같은 처지라는 이유로 자연스럽게 친구가 된다.

치매 환자 아내와 함께 죽음을 맞이하는 극한 장면을 볼 때는 최윤희 부부가 떠올라 가슴이 더 아팠다. 사랑하는 사람과 이승에서 이별하는 것을 받아들이지 못하고 함께 죽음을 선택한 두 부부를 어떻게 이해해야 할까. 반려자를 위한 마지막 배려나 자식들을 위한 최선의 선택이었다 하더라도 쉽게 동의할 수 없는 장면이었다. 더욱 가슴이 아픈 것은 치매 환자 부인을 혼자 방에 남기고 밖에서 문을 잠그고 일터로 향하는 장군봉의 삶의 모습이다. 자식들은 그럴 수밖에 없는 아버지의 속 깊은 심정을 알기나 했을까?

"자주 찾아뵐게요."라는 자식들의 인사말은 돌아오지 않는 메아리처럼 허망하기만 했다. 장군봉은 왜 자식들과 그 고통을 나누려 하지 않았을까? 가족이라면 자식들로 하여금 어머니의 얼마 안 남은 생을 이해하고 함께 지낼 수 있도록 해줄 수도 있었을 텐데……

김만석 할아버지와 송 씨 할머니의 사랑은 어떤가? 청춘 남녀의 사랑이 아니었지만, 충분히 아름다웠다. 글을 모르는 송씨에게 그림을 그려서 보내고, 가죽장갑을 선물로 받고 좋아하는 김만석 할아버지의 모습은 천진난만하여 보면서도 웃음이 나왔다. 그래서 노년기를 '제2의 아동기'라는 말을 하는 것 같다. 서로 사랑하기에 상대의 뜻을 존중하고 배려하여 각자 최선의 삶을 선택하는 두 사람의 행동이 성숙하여 영화의 여운을 더했다. 젊은 때는 추억을 만들고, 늙으면 그 추억을 기억하며 산다는 말처럼 송이뿐 할머니에게는 김만석 할아버지와의 사랑을 오래오래 간직하고 싶었을 거다.

　남들이 말하기에 죽어도 이상할 것이 없는 나이가 된 송이뿐 할머니는 선물 받은 예쁜 머리핀을 보며 김만석 할아버지를 추억할 수 있으니 행복하다. 당장 죽어도 이상할 것 없는 나이란 과연 몇 세 이상을 말하는가? 나이 든 사람의 죽음을 호상이라 하는 조문객들의 말에 거칠게 반문했던 김만석 할아버지도 죽음을 빗겨갈 수는 없었다. 죽음의 문턱에서 송이뿐 할머니를 태우고 신 나게 오토바이로 달리는 마지막 장면이 지금도 아련히 떠오르면서 가슴이 따뜻해진다.

(2011.『제주여류수필』)

단죄

어떤 이들은 뮤지컬을 보러 일부러 서울까지 간다고 하는데, 제주에서도 가끔 문화적 호사를 누릴 기회가 있어서 다행이다. 지난 겨울방학 때 학교 선생님들과 성남아트센터에서 옥주현이 주연하는 뮤지컬 '아이다'를 봤다. 그때 옥주현의 노래와 연기는 대단했다. 가슴을 후려치는 듯한 절절한 노랫소리가 지금도 들리는 듯하다. 그 감동의 무대를 상상하며 제주에서 공연하는 뮤지컬 '몬테크리스토'를 만나러 한라 아트홀을 찾았다. 주제가 잘 알려진 대로 사랑과 복수여서 그런지 젊은 남녀들이 더 많이 로비를 채우고 있었다.

뮤지컬은 연극과 음악, 노래, 춤, 연기, 영상 등이 포함된 종합예술이다. 이야기 속에 연기와 음악과 춤이 적당히 혼합되어 눈도 즐겁고 귀도 즐겁다. 바다와 배를 무대로 펼쳐지는 사랑과 복수의 이야기, 생동감 넘치는 연기자들의 춤과 노래에 몰입하다 보니 시간가는 줄 몰랐다. 출연자의 노래와 연기, 의상, 무대배경 등 모든 것이 완벽했을 때는 감동을 넘어 전율 수준에까지 이른다.

몬테크리스토 이야기는 책으로 나온 후 영화로도 제작되어 널리 알려진 이야기이다. 주인공 에드몬드 단테스는 약혼녀 메르세데스와의 결혼을 앞두고 친구 페르난드의 배신으로 13년 동안 감옥생활을 하게 된다. 사랑의 쟁취와 자신의 안위를 위해 우정 따윈 상관하지 않는 페르난드의 순간적인 선택이 이들의 운명을 바꾸어 버린다. 메르세데스 (옥주현 분)와 단테스(신성록 분)의 달콤한 사랑의 노랫가락이 사랑의 아름다움을 극적으로 몰아갔고, 말도 안 되는 이별의 아픔 앞에서 절절하게 부르는 노래는 보는 이를 더 가슴 아프게 했다. 옥주현의 애끓는 열창과 주인공 에드몬드의 비장함이 묻어나는 노래에 한동안 전율이 일기도 했다. 중간 중간에 음악소리가 너무 커서 배우의 노랫소리가 잘 안 들리기도 했지만, 극적인 효과를 위한 것인지도 모른다는 생각을 하며 전체적인 분위기에 몰입하려고 했다.

에드몬드는 감옥에서 만난 죄수 파리아 신부로부터 무예와 지혜를 터득하며 탈옥과 복수의 꿈을 키우게 된다. 감옥생활을 희망으로 바꾸는 계기를 만들어준 사람이 바로 파리아 신부이다. 뜻이 있는 곳에 길이 있듯이 신부의 시체로 가장해 그는 탈옥에 성공하고, 몬테크리스토 섬의 보물을 찾아 엄청난 부자가 된다. 이러한 전개과정은 고전적인 방식이긴 하지만 하늘이 그를 돕고 있다는 생각을 떨쳐 버릴 수가 없었다.

몬테크리스토 백작이 된 그는 아주 치밀한 계획으로 자신을 배신한 사람들을 한 사람씩 몰살시킨다. 멋진 복수라고도 할 수 있지만, 악이 악을 부르는 순환 고리 속에 갇혀 있음을 부인할 수 없다. 배신한 친구를 무너뜨리고 옛사랑과 아들까지 되찾게 된 몬테크리스토의 삶은 희망으로 향한다.

뮤지컬 몬테크리스토는 19세기의 유럽을 배경으로 쓰인 소설을 기초로 만들어진 것이지만 현대사회의 물질만능을 단적으로 잘 표현해 주는 작품이다.

평범한 선원이었던 에드몬드가 모략으로 사랑하는 사람을 잃고 억울하게 감옥생활을 하게 되는 경우처럼 진실과 정의가 권력에 의해 왜곡되고 짓밟혀지는 일은 지금도 곳곳에서 일어나고 있다. 에드몬드가 하늘의 도움으로 탈옥하고 치밀하게 복수하는 장면에서는 속이 시원했다. 우리는 옳지 못한 일을 한 사람은 누군가에 의해 벌을 받아야 마땅하다는 논리 안에서 그 사람을 단죄하려 한다. 그게 일종의 복수 심리이고 대리만족이기도 하다.

주인공 에드몬드가 보물을 찾지 못했다면 과연 그렇게 멋진 복수를 할 수 있었을까? 복수하기도 전에 또 다른 사람의 제물이 되었을 수도 있다. 운 좋게도 보물을 손에 쥐었기에 가능한 복수였다. 돈과 지위가 그 당시의 사람들을 좌지우지할 수 있었던 것처럼, 현세도 그러한 일들이 벌어지고 있다. 재벌가의 탈세, 재벌에 의한 중소기업의 몰락, 이런 것들이 우리 사회의 단면이다. 권력자들은 그 권력을 놓지 않기 위해 암투를 벌인다. 과연 죄는 누가 다스리고 단죄하는 것인가? 신이 하는가? 후세의 역사가 하는가? 아니면 누구도 할 수 없는 것인가?

정의와 진실, 선과 악에 대한 판단은 누구나 내릴 수 있을지라도 그로 인한 단죄는 아무나 할 수 있는 몫이 아니다. 역사와 신의 섭리에 맡기되 죄의 씨앗을 키우지 않도록 함이 최선이다.

(2011. 하반기. 『제주문학』 55집)

백목련의 시련

어김없이 꽃망울 터트릴 준비를 하더니 어느 날 하얀 봉오리를 내밀어 나를 화들짝 놀라게 했습니다. 퇴근 후에 집에 들어서는데 환한 미소가 반기는 듯하여 '어머나' 라는 말이 저절로 나왔습니다. 겨우내 나목으로 냉기를 이겨내더니 보드라운 꽃눈을 잉태하였습니다. 그 꽃눈 속에는 하얗게 피어날 목련의 희망이 자리하고 있었습니다.

며칠 전 봉오리를 조심스럽게 펼치더니 그날 밤 꽃샘추위를 시샘하는 비가 내렸고 바람까지 불었습니다.

밤새 목련꽃 걱정에 이래저래 안타까워 몸을 뒤척였습니다. 아침에 얼른 목련을 보니 생각보다 많이 상하지 않았습니다. 그나마 다행이다 싶었습니다. 핸드폰 카메라로 이쪽저쪽을 찍었습니다.

작년 봄에 핀 모습을 찍어두었다가 목련이 피기도 전에 카톡에 올렸더니 서울의 친구가 "벌써 목련이 피었어?" 하면서 놀라기에 "아니 올해 목련을 빨리 보고 싶어서" 라고 답했습니다.

2004년 이 집으로 이사 온 후에 목련나무를 사다 심었더니 몇 년 후부터는 제 몫을 다하고 있습니다. 꽃말은 '이루지 못한 사랑' 입니다. 양희은의 '하얀 목련' 이라는 노래처럼 아픈 가슴 빈자리엔 하얀 목련이 피었다 지는가 봅니다.

그런데 해마다 이맘때쯤이면 어김없이 찾아오는 개구쟁이 비바람이 목련을 괴롭힙니다. 어제저녁부터 횡횡 부는 바람소리에 목련꽃의 고통을 생각했습니다. 바람만 부는 것이 아니라 비도 내려서 더욱 심란합니다. 꿋꿋이 견디어내어야 한다고 격려하면서도 걱정이 앞섰습니다. 오래오래 청순하고 담담한 모습으로 마당을 환하게 비춰주길 바라는 마음을 나무에게 전했습니다. 백목련은 마치 어둠 속을 환하게 밝히는 횃불과도 같습니다.

어제는 초속 30미터가 넘는 강풍이 불었습니다. 전국적으로 바람이 불었습니다. 제주공항은 비행기 이착륙을 못 해 회항한 비행기도 있을 정도로 센 바람이었습니다.

오늘 아침 마당에서 만난 목련 꽃잎은 상처투성이였습니다. 꽃잎 여기저기에 거뭇거뭇한 상처를 보았습니다. 한바탕 전쟁을 치른 후 겨우 살아남은 모습이었습니다. 아직도 바람에 흔들리면서 아파하고 있습니다.

땅에 떨어진 꽃잎을 주워 모아 차를 만들었습니다. 마지막까지 목련과 함께 하고 싶은 마음에서입니다.

비바람이 미웠습니다. 왜 하필 이렇게 순하디 순하게 피어난 목련꽃을 무참히 괴롭히는지 원망스럽습니다. 며칠만 더 기다려주면 안 되는지 묻고 싶었습니다.

처연하게 보이는 목련 꽃잎을 보면서 젊디젊은 나이에 요절한 사람들을 떠올렸습니다. 전혜린, 나혜석, 윤동주 등등. 한국 최초의 여류서

양화가이며 여권운동의 선구자이셨던 나혜석은 조선 최초의 여성 화가이셨지만 52세의 나이로 세상을 떠났고, 윤동주 시인도 27세의 꽃다운 나이에 세상을 떴습니다. 철저하게 자기인식의 세계에서 자유를 갈구했던 수필가 전혜린도 갓 피어난 목련꽃처럼 순수함의 빛을 세상에 다 펼치기도 전 31세에 떠났고, 허난설헌도 27세를 넘기지 못했습니다. 영화로움은 짧아야 빛나는 법인가 봅니다.

백목련 / 이학영 님의 시

흰 순수 안에 이토록 많은 애타는 손길이
기도로 모아지다
마침내 사월 하루
꽃으로 펼쳐져
세상으로 납시는
백의의 여신
목련이시여.

저 백의의 여신같이 아름답고 도도한 백목련도 지금 처연하게 비바람에 견디어내고 있습니다. 이제 상처의 흔적을 안고 얼마나 나무에서 오래 매달려 있을지 의문입니다. 목련은 이제 얼마 없어 힘없이 땅에 떨어질 것입니다. 신랑의 턱시도처럼 믿음직스럽고 화려한 모습은 사라지고 처연하게 땅으로 떨어질 것입니다. 어떤 꽃들도 자연의 시련을 만납니다. 비와 바람을 오히려 자양분으로 생각하여 더욱 굳세게 피어나는 꽃이 있는가 하면 목련처럼 비바람에 맥없이 스러지는 꽃도 있습니다. 나는 목련의 시련이 안타깝습니다. 그녀의 도도한 꽃잎이 비바람에 스러질 때는 어떻게 해서라도 그것을 막아주고 싶은 마음입니다.

짧게 피었다가 지지만 봄을 알려주는 전령사로서의 역할을 다하고 갑니다.

목련은 온전히 꽃 피우기에만 전념하다 그 꽃이 다 떨어지면 새 잎을 피워 올립니다. 여름에는 싱그러운 잎으로 소리 없이 노래하다 가을이면 꽃의 흔적으로 빨간 열매를 맺습니다. 꽃의 화려함에 비하면 열매는 보잘것없어 보여 지난 꽃의 시절을 생각해 보면 비교가 안 됩니다. 그 열매는 있는 듯 없는 듯 아무도 눈길 주지 않습니다.

(2013)

김 순 신 수 필 집

영랑을 생각하며

제주문협에서 해마다 도외로 문학기행을 가지만 직장일 때문 동참을 못 하다가 이번에는 주말과 연휴를 낀 일정이라서 동행에 나서게 되었다. 완도행 바다를 가르는 뱃길에서 시원한 바람을 맞으며 오랜만에 여유를 만끽했다. 나름 최선의 삶을 산다고 바지런을 떨었던 지난 시간들을 격려하며 잠시 내 안의 나를 보듬어 안았다.

강진의 자랑이며 우리나라 대표적 서정시인인 영랑생가 입구에는 '국가지정 중요민속자료 제252호 영랑 김윤식 생가'라고 적힌 비석이 있다. 비석 주변에는 이미 꽃이 져버린 모란이 무심하게 자라고 있었다. 입구에서부터 '모란이 피기까지는' 시비가 찾는 이들을 맞는다. 돌에 새겨진 시를 찬찬히 읽어 내려갔다.

모란이 피기까지는
나는 아즉 나의 봄을 기둘리고 잇을테요.

…(중략)…

모란이 피기까지는
나는 아즉 기둘리고 잇을테요
찬란한 슬픔의 봄을.

　고등학교 때 입시준비로 억지로 욀 때와는 달리 한 구절 한 구절이 가슴에 선명하게 각인되는 듯했다. 더구나 '아즉' '기둘리고' '잇을테요' '하냥' '우옵네다' 라는 옛 글귀가 강진 사람들의 정을 담아낸 것 같아 향토적 감성을 불러일으켰다. 문득 그의 시 한 소절을 제주어로 바꾸어 보고 싶은 장난기가 발동했다.

　'모란이 필 때꺼정은/ 나는 안즉 나의 봄을 지드럼시켜' 정도면 어떨지. 역설적 표현인 '찬란한 슬픔' 을 제주어로 한다면 '활활한 슬픔?' '훤한 슬픔?' 딱히 알맞은 말이 떠오르지 않는다. 언젠가는 지구상에서 사라질 것이라는 제주어를 생각하면 이곳의 시비처럼 제주어 비를 만들어 곳곳에 세우면 어떨까 하는 생각도 잠시 스쳤다.

　한때는 영랑은 물론이고 윤동주, 김소월, 이육사 등의 시를 줄줄 외우면서 그들의 정서와 삶을 닮으려 했었다. 그들처럼 시를 쓰면 잘 써질 것 같은 착각에 빠진 적도 있었는데 요즘에는 아니다. 시를 쓰기는커녕 좋은 시 한 편 제대로 가슴에 담지 못하고 있다. 스마트폰에 저장해 두고 자주 열어보며 외려 해도 쉽게 암송이 안 된다. 뇌가 그만큼 따라주지 않는 탓도 있지만 시를 사랑하는 열정이 식은 탓이리라.

　'15 영랑생가길' 이라는 문패가 붙은 문간채로 들어서자 마주 보는 곳에 대나무와 동백나무들로 둘러싸인 안채가 보였다. 단아한 초가지

붕이며 낮은 난간이 정겨웠다. 마당에는 시의 소재가 되었던 장독대, 감나무, 동백나무, 모란이 초록의 잎으로 또 다른 계절을 기다리고 있었다. 장독대 옆에 우물통이 있고 그 옆에도 모란, 울타리 옆에도 모란이다. 이미 꽃이 지고 난 다음이라 붉은 모란꽃은 볼 수 없었지만 꽃 진 자리의 녹색 꼬투리만 보아도 모란꽃을 보는 듯 반가웠다. 그의 시에서처럼 마냥 섭섭해지려는 마음을 다잡으며 다시 찾을 모란꽃 찬란한 어느 날을 생각했다. 모란꽃이 자지러지게 피었을 때 이곳을 다시 찾을 수 있다면 또 다른 복을 만나는 것이고, 안채 뒤의 동백이 붉은 꽃망울을 달았을 때 올 수 있어도 또한 행복한 일이다.

푸른 동백과 모란을 보니 요즘 유행하는 조영남이 부른 '모란동백'이라는 노래가 생각났다. 노래가 좋아 배우려고 인터넷 검색을 하던 중 새로운 사실을 발견하게 되었다. 이 노래는 원래 시인이시며 소설가, 화가이신 이제하 님이 지은 시이다. 시인 영랑과 음악가 조두남 선생을 생각하며 시를 쓰고 그가 곡을 붙여서 그의 나이 육십이 넘어서 CD에 취입한 곡이다. 이제하 님이 부른 '모란동백'을 들어보니 가수 조영남이 불렀을 때보다 감동이 더했다. '모란동백'의 시구처럼 '또 한 번 모란(동백)이 필 때까지/ 나를 잊지 말아요'라는 애절함을 떠올리며 영랑을 생각했다.

문화해설사의 말에 의하면 생가는 영랑이 태어나서 1948년까지 살다가 서울로 떠난 후 집이 몇 차례 팔리면서 원형의 모습을 잃었지만, 1985년에 강진군에서 매입하여 원형으로 복원하였다고 했다.

영랑 김윤식은 1903년 2남 3녀 중 장남으로 태어났다. 강진보통학교를 마치고 서울에 올라와 1917년에 휘문의숙을 다니던 중에 3·1운동이 일어나자 독립선언서를 감추고 고향으로 내려가다 일경에 잡혀 6개월의 옥고를 치르기도 했다. 그 후 1920년 일본으로 건너가 영문학을 전공하면서 키이츠, 셸리 등 낭만파 시인들의 시를 접하고 서정적인 시를 쓰게 되었다.

귀국 후 박용철 시인과 함께 『시문학』을 창간하여 그의 대표작인 〈모란이 피기까지는〉 등 37편의 시를 발표하면서 활발한 문학 활동을 했다. 그 후 1935년 첫 시집 《영랑시집》이 출간되었다. 해방 후 제헌국회 때는 국회의원으로도 출마했었다고 한다. 그가 만약 국회의원으로 당선되었다면 민족 시인을 뛰어넘어 또 다른 역사의 인물이 되었을 것이라는 생각도 해 본다. 1948년에 자식들 교육 등을 이유로 서울로 올라가서 공보처 출판국장을 하다가 1950년 6·25 전쟁통에 총탄의 파편을 맞아 명을 달리하였다.

그의 시는 쉽고 향토적 정서가 깃들어 있다. 그의 시가 외양적으로는 서정적인 아름다움을 노래했다고 하지만 시대의 아픔을 그렇게 밖에 표현할 수 없었던 그의 속내는 타들어갔을 것으로 추측해 본다. 치열하게 솟아오르는 반일 감정을 덮으려 짐짓 서정적인 시로 승화시켰던 것은 아닌지. 휘문중학 때 3·1운동에 나설 정도면 그의 조국에 대한 사랑은 말하지 않아도 알 듯하다.

본인은 물론 열 명의 자녀들도 창씨개명을 하지 않았다는 말을 들으니 그가 더 존경스러웠다. 그의 집 근처에 신사가 있었는데 신사참배를 하라고 하자, 배탈이 나서 설사를 하는데 신사참배를 하다 그곳에 실수라도 하면 어떻게 하느냐고 핑계를 대면서 끝내 신사참배를 하지 않았던 김윤식. 그를 민족시인이라고 부르는 이유를 알 것 같았다.

(2012. 하반기. 『제주문학』 57집)

영화관에서 코를 골다

영화를 좋아하는 편이어서 가끔은 영화관을 찾는다. 화면에 몰입하는 동안은 아무 생각도 없이 오직 영화 속 세계에 빠져들 수 있어서 좋고, 영화를 통해 다른 세계를 엿보는 즐거움이 있기 때문이다.

처음 영화를 본 것은 초등학교 때였다. 학교에서 단체관람으로 제주시민회관까지 걸어가서 봤던 생각이 난다. 지금 생각하면 학교에서 시민회관까지는 꽤 먼 거리지만, 그 당시는 영화를 본다는 설렘 때문에 발걸음이 가볍기만 했다.

그 후 학생 때는 영화를 자주 못 보았다. 학창시절에 영화관을 자주 가면 불량학생(?)이라는 딱지가 붙을 수도 있었고, 여유도 없었다. 가끔 미성년자 입장가라는 영화포스터를 볼 때마다 엄한 부모님께 영화비를 타낼 용기가 없었기에 침을 삼킬 수밖에 없었다. 농사지어서 자식을 뒷바라지하는 부모님을 생각하면 그 시절 영화는 나에게 사치였기 때문이다.

영화가 대중문화로 자리를 잡게 되면서 영화이야기가 대화의 소재가

되는 시대가 왔다. 입소문을 타면 흥행가도를 달리며 국민영화라는 꼬리
말이 붙기도 한다. 국민영화하면 1993년에 제작한 임권택 감독의 '서편
제'를 보러 갔던 일이 생각난다. 그 영화를 안 보면 간첩이라는 우스갯
소리를 할 정도로 극장가에 바람이 일었던 영화다. 남편도 국민영화라
는 말에 함께 나섰다.

영화의 전체적인 흐름은 우리의 소리 판소리에 대한 것이었다. 오로
지 소리라는 외길만을 고집하는 아버지가 그 소리를 전수하기 위해 어
린 자식에게 혹독하게 득음 훈련을 시키는 장면이 주를 이루었다. 판소
리의 창법에 담긴 깊은 소리의 정서를 내가 어찌 알랴마는 어린 여자가
소리를 깨치기 위해 목이 터지라 연습하는 장면은 판소리를 잘 모르는
사람일지라도 가슴이 아렸다.

소리가 무엇일진대 저렇게 어린 아이에게 그것도 억지로 소리연습을
시키는지 그때에는 이해가 가지 않았다. 판소리에 대하여 초등학교 교
과서 수준밖에는 모르니 영화의 진가를 알 리가 없었다. 그렇지만 화면
을 놓치지 않으려 애를 썼다.

그런데 옆에서 코 고는 소리가 나는 게 아닌가. 당사자는 남편이었다.
툭툭 옆구리로 신호를 보내기를 여러 번, 나중에는 다리를 꼬집을 수밖
에 없었다. 남편의 콧소리 이후 나는 영화 보는 것보다 남편의 졸음을
막는 것이 우선이었다. 영화는 보는 둥 마는 둥 앞뒤 사람에게 미안한
생각에 끝 자막이 올라가자 도망치듯 나왔던 기억이 난다. 그렇지만 그
영화의 몇 장면은 아직도 아련히 남아있다.

얼마 전 제주문협 회원들과 서편제 영화의 촬영지로도 널리 알려지
게 된 청산도를 찾은 적이 있다. 꼬불꼬불 슬로우 길을 따라 걸으며 영
화의 장면처럼 판소리 노랫가락 몇 소절 읊어 볼 수 있었으면 얼마나

멋진 여행이 되었을까. 우리나라의 판소리가 지켜지고 전승되어야 할 소중한 것임을 알기에 앞서, 판소리에 서린 한의 소리를 느끼는 게 더 중요함을 일깨워주는 영화 '서편제'가 나에게는 남편이 코를 골아서 난처했던 영화로 기억되고 있다.

그런 일이 있었던 후부터는 아무리 국민영화라고 떠들어도 남편과 동행하는 데는 주저해진다. '평안감사도 저 싫으면 그만이다.'는 말처럼 영화가 내 스타일이 아니면 졸음이 올 수밖에 없다.

요즘에는 제주문협 영화동아리 덕분에 영화관을 찾는 시간이 더 즐겁다. 영화관람 못지않게 뜻깊은 시간은 막걸리를 앞에 놓고 영화에 대한 뒷담화를 풀어놓는 자리이다. 영화의 스토리에서부터 배우들의 연기력까지 안주가 되고 술이 되는 시간이니 아니 즐거울 수가 없다. 이 시간만큼은 모두가 영화에 대한 전문가 내지는 영화 평론가가 되는 것이다.

얼마 전에는 부모님을 모시고 영화관을 찾았다. 그것도 효도하는 방법이다 싶어 제안했더니 흔쾌히 따라 나서신다. 전 노무현 대통령의 인권변호사 시절 부림사건을 다룬 영화였는데, 국민영화라 할 만큼 관객이 많은 영화였다.

부림사건은 1981년 일어난 공안사건으로 당시 교사와 학생 등 스물두 명이 국가보안법 위반 등 혐의로 구속되고 열아홉 명이 기소돼 징역형을 선고받은 사건이다. 국가공권력에 의해 희생당하는 젊은 학생 진우를 보면서 이 시간 어디에선가 또 다른 인권탄압이 일어나고 있을지도 모른다는 생각을 했다. 이 땅에 변호사들이 돈이 아니라 억울한 사람들을 위해 존재한다는 사명감으로 무장되어 있다면 좋겠다는 바람도 있었다.

영화를 보고 나오니 제주 4·3사선을 나룬 '지슬'을 봤을 때와 마찬가지로 가슴 한 편이 묵직했다. 아버지께서는 모 국회의원이 부림사건 관계자들과 함께 이 영화를 관람했다는 기사를 읽었다면서 그럴 만도 하다는 표정이다. 보고 싶은 영화가 있으면 언제라도 연락주시라고 했더니 대답 대신 미소로 답하신다.

(2014. 『제주여류수필』)

복된 죽음을 위하여

포스터에서 그녀가 사모관대를 입고 환하게 웃고 있다. 천진난만한 노인의 표정과 '죽음의 형식 오구굿'을 연관 지어 스토리를 상상해 보았지만 감이 안 왔다. 도대체 어떤 연극인지 궁금해하던 차에 모임에서 단체 관람을 하게 되었다. 연극의 내용을 떠나서 배우 강부자를 직접 볼 수 있다는 기대감에 약간의 설렘도 있었다. 오랫동안 텔레비전에서 봐왔던 분이라 직접 가까이서 보고 싶었다.

네이버 검색창을 두드렸다. '오구'란 '오구굿'의 준말로 죽은 사람의 영혼을 위해 행해지는 굿. 남도에서는 오구굿, 중부지방에는 지노귀굿이라 한다. 죽은 자의 육신과 영혼을 이승과 빨리 분리해 죽은 자는 안정을 찾고, 산 사람에게는 무병장수를 빌기 위해 오구굿을 벌이는 것임을 알았다. 망자의 혼이 저승으로 잘 갈 수 있게 하는 '귀양풀이'라는 제주도의 민속굿과 비슷한 것 같다는 생각을 했다. 어린 시절 외할머니 장례를 치른 날 저녁 귀양풀이 굿을 본 기억이 있다.

이윤택 님이 쓰고 연출한 〈오구〉는 1989년 초연된 후 지금까지 수많은 관객을 불러 모은 국민연극이라니 못 보면 서운할 뻔했다.

　제주아트센터의 로비에는 많은 사람이 삼삼오오 상기된 표정으로 입장을 기다리고 있었다. 탤런트 강부자가 왠지 좋다는 선배 교장의 말에 맞장구를 치면서 그녀의 매력에 대한 이야기를 나누었다. 그녀를 떠올리면 후덕한 시어머니, 현명한 조언자, 넓은 아량, 포용, 자연스럽게 늙어감, 이런 단어들이 떠오른다.

　나잇값을 하기가 점점 더 어렵게 느껴지는 요즘 지나온 나의 생활을 되돌아본다. 덕을 베풀기도 쉽지 않고, 지혜롭게 대처함도 만만치 않다. 너그러움의 실천도 배알이 꼬일 때가 많으니 아직도 멀었다. 욕심이라고 불리는 것들은 세월과 함께 조금씩 희석되는 것 하지만, 가마솥에 팥죽 끓어오르듯 열 받으면 불쑥불쑥 튀어 오른다. 인생이란 아는 것과 실천은 늘 일치하지 않으니 내가 그 정도밖에 안 된 사람이려니 하며 넘어가야지 어쩔 수 없다.

　드디어 무대에 조명이 밝혀지며 연극은 시작되었다. 만삭인 며느리는 빨래를 널고, 아들은 신문 보고, 손녀는 고무줄놀이를 하는 일상의 장면은 평화롭다. 주인공 노모(강부자 분)는 고운 모시 한복차림으로 평상에서 목탁소리에 맞추어 염주를 돌리다 잠이 든다. 꿈 속에서 먼저 간 남편이 하얀 두루마기 차림으로 나타나고, 이어서 남성을 상징하는 거시기가 엄청 큰 죽음의 사자들이 주변을 맴돌며 그녀를 데려가려고 잡아끈다. 그녀는 완강히 뿌리치다 꿈에서 깬다. 거시기를 그렇게 크게 강조한 것은 아마도 웃음을 자아내게 하려고 했겠지만 도깨비 방망이처럼 흔들거리는 모습은 보기가 조금은 민망했다.

　잠에서 깬 노모는 아들에게 극락왕생을 기원하는 산 오구굿을 해 달라고 부탁한다. 처음엔 미신이라며 거절하던 아들도 결국 노모의 청을 받아들여 굿을 하기로 한다.

맨 뒤의 관객석에서부터 꽹과리와 함께 깃발을 앞세운 굿패가 등장하니 관객석도 신이 났는지 술렁인다. 신명 나게 벌어지는 굿판은 관객의 손뼉 장단과 함께 무르익어 간다.

눈도 어둡지 말고(말고~), 귀도 막지 말고(말고~), 허리도 굽지 말고(말고~), 저승길을 잘 가게 해 달라는 축원가락이 신명이 나면서도 가슴이 찡했다. 흐르는 세월 앞에 당당하게 건강을 장담할 자신이 없기에 굿판의 축원에 내 마음도 함께 실었다. 구구 팔팔 이삼사, 즉 구십 구세까지 팔팔하게 살다가 이삼일 만에 죽게 해달라고 말이다.

굿판이 한창 무르익었을 때 노인은 '나 정말 갈란다.' 하면서 저승길로 떠난다. 그녀의 죽음은 복된 죽음이다. 아프지 않고 굿판을 벌이다 죽었으니 말이다. 노모의 혼백은 먼저 간 남편을 뒤따라가고 그 뒤에는 상여가 따른다. 상여를 따르는 노랫가락이 슬프고 처량하여 눈물이 났다. 인간은 언젠가 죽는다는 사실을 알면서도 죽음에서 벗어날 수 없는 여리고 약한 존재다.

과연 죽음의 세계는 어떤 곳일까? 종교마다 사후세계를 달리 말하고 있으나 이승에서의 삶이 내세의 삶을 결정한다는 공통점이 있다. 죽으면 그만이라는 설, 죽었다가 되살아나는 재생담, 사람이나 동물, 식물, 광물로 태어난다고 믿는 환생담, 이승에서의 업에 따라 천당이나 지옥 또는 연옥으로 간다는 설 등이 있다. 나는 후자를 믿는다.

내가 죽으면 한평생 저지른 죄와 쌓은 공로를 심판받아 하느님의 뜻에 따라 천당이나 지옥, 아니면 연옥으로 갈 것이다. 하느님을 믿으며 죄를 멀리하고 선을 행하여 공덕을 많이 쌓아야 천당에 간다. 그 길이 낙타가 바늘구멍을 통과하는 것만큼 힘들다고 하니 나도 모르게 짓게 되는 죄가 그만큼 크다는 것이다. 죽어서 육체는 썩어 흙으로 돌아가겠지만, 하느님 나라에서 영원히 살기를 소망한다면 이승에서부터 사랑을 실천하고 죄를 멀리하도록 항상 깨어 있어야 할 것이다.

노모의 죽음은 형제의 재산싸움으로 이어지고 이 모습을 본 노모는 다시 벌떡 살아온다. 집은 돈을 벌기 위해 사고파는 것이 아니라며 돈을 모두 허공으로 날려 버린다. 펄럭이며 떨어지는 돈을 정신없이 줍는 사람들, 돈에 환장한 세상을 보여준다. 욕심 주머니가 텅텅 비워지고 그 안이 사랑과 감사, 믿음으로 채워지지 않는 한 천당 가기는 요원하다.

죽어서 천당에 가는 것은 내가 선택할 수 없지만, 이승에서 천당은 내가 만들 수 있다. 그게 마음의 천국이다. 내 마음의 천국은 마음먹기에 달렸다. 작은 일에 감사하고 내 마음에서부터 평화, 사랑, 선을 행함이 마음의 천국을 짓는 일이다. 하루하루 감사하는 삶도 천국을 짓는 일이다.

언제 어떻게 죽게 될지 모르지만 죽는 순간 영원한 천상행복을 생각하며 기꺼이 죽음을 받아들일 수 있기를 바라며 '복된 죽음을 위한 기도'를 바친다.

(2014)

크리스타나

처음 그녀를 본 것은 성당에서다. 두 딸과 함께 성당에서 봤을 때
그녀의 검은 피부가 유난히 눈에 띄었다. 그녀는 미인형인 둥근 얼굴에
큰 눈과 이목구비가 뚜렷했다. 눈이 유난히 반짝반짝 빛나고 하얀 이를
드러내면서 조용히 웃는 모습이 아름다웠다. 어린 아이의 눈이 맑듯이
그녀의 눈도 맑고 빛났다.

수녀님께서 우리 구역에 살고 있다면서 특별부탁을 했고 그 후 가끔
그녀를 만나게 되었다. 만날 때마다 그녀는 다소곳하고 예의가 발랐다.
행동 하나하나에 남을 배려하는 모습이 남달랐다.

말을 할 때도 조심스럽게 진정성을 가지고 했다. 한국말을 완벽하게
구사하지 못해도 그녀와 소통하는 데는 문제가 되지 않았다. 그녀는 말
을 시작하기 전에 상대와 눈을 맞추고 미소를 지은 다음 하고 싶은 말
을 했다. 약간은 서툰 한국말이지만 차근차근 이야기하는 모습이 듣는
사람의 마음을 움직인다. 억양이나 톤이 부드러워 그녀와 몇 마디를 나
누고 나면 그녀의 품성을 알 수 있다.

멀리서 바라만 보아도 다소곳하면서도 수줍은 듯 웃는 모습이 아름다워 기분이 좋아진다. 처음 우리 집 모임에 올 때는 손수 만든 피자를 가져왔다. 다른 집에서도 모임을 하게 되었는데, 그녀는 참석자들을 위한 작은 선물을 준비해 왔다. 그녀의 남편이 운영하는 공장에서 만든 작은 돌하르방 열쇠고리였다. 실제 가치보다 그녀의 마음이 몇 배 더 고맙게 느껴졌다. 받는 모두는 그녀의 성의에 감사하면서 기뻐하였다.

그녀의 집에서 반모임을 가지게 되어 외국인이 사는 집은 어떨까 하는 호기심을 가지고 그녀의 집을 방문했다. 크리스마스 전이어서 그리 넓지도 않은 마루 한편에 크리스마스트리가 반짝거리고 있었고 그 아래는 예쁘게 포장된 선물가방들이 장식처럼 놓여있었다. 특별히 다르지 않았다.

그녀의 남편도 함께 분주히 음식을 준비하고 있었다. 간단히 다과를 하는 기도모임이었지만 방문한 사람들을 배려해 한국의 전통 음식 감자탕을 만들어 보았다며 쑥스러워했다. 그리고 모임이 끝났을 때는 크리스마스트리 아래 있는 선물가방을 하나씩 건넸다. 모두가 착한 여자라며 그녀를 칭찬했다.

그녀를 만나면 기분이 좋아진다. 그녀와 함께 있으면 내가 존중받고 있다는 느낌과 함께 그녀에게 소중한 사람으로 대접받고 있다는 느낌이 들기 때문이다. 우리 동네 누구도 그녀를 하대하는 이는 없었다.

그런 그녀를 이제는 볼 수가 없다. 고향 스리랑카로 돌아가기 전 우리는 그녀의 집에서 마지막 만남의 시간을 가졌다. 서로 헤어지게 됨을 서운해하면서 그녀의 고향에 대한 이야기를 나누었다.

제주도와 스리랑카는 비슷한 면이 많았다. 한반도에서 제주도가 떨어진 섬처럼 스리랑카도 인도양에 있는 작은 섬나라이다. 지도를 보면

땅 모양이 꼭 눈물 모양 같아서 '인도양의 눈물'이라고도 불리는 섬이다. 예전에는 실론이라고 불리다가 1972년에 독립하면서 국명을 스리랑카로 바꾸었다. 지금도 실론티로 유명하기도 한 곳이다. 면적은 약 65,000㎢ 이며 인구는 약 2,600만 명이라고 한다.

가족사진을 보니 다복하고 행복한 가정임을 짐작할 수 있었다. 사진 속에는 인도의 고위 정치지도자라는 사람도 있는 것으로 보아서 품격 있는 집안의 딸임을 알 수 있었다.

스리랑카에 오면 자기 집에서 묵을 수 있도록 해 준다며 꼭 한 번 오라고 당부를 했다. 그때에는 여행계라도 해서 꼭 가자고 했지만 여행계는 시작도 못 했다.

글로벌 시대라서 우리나라 외국인 노동자 중에는 스리랑카인들도 많은 것으로 알고 있다. 설령 스리랑카인뿐만 아니라 중국, 인도네시아, 미국, 태국, 필리핀 등에서 와서 우리나라에서 일하고 있는 이주 노동자들을 자주 만나게 된다. 이들은 한국 땅에 정을 붙여 잘 살아보려고 무진 애를 쓴다. 우리가 그들의 마음을 얼마나 보듬어주고 헤아려 주는지 되돌아볼 일이다. 외국에서 온 사람이라고 하대하는 마음으로 말을 함부로 하는 경우도 있다.

그녀의 남편 또한 한때 잘 나가던 때 외국에 파견근무를 하다가 그녀를 만나게 되었고 결혼까지 했는데 일이 잘 안 풀려서 다시 고국을 떠나게 되었다. 한국에서 행복하게 가정을 이끌어가는 모습이 늘 보기 좋았는데 떠나서 섭섭하다. 아무쪼록 스리랑카에서 행복한 삶이 되길 빈다.

(2014. 『애월문학』)

영성과 교육

세례 받을 때 신부님께서 이마에 십자가를 그리는 순간 뜨거운 눈물과 함께 하느님께 감사와 찬미를 드렸다. 하느님 자녀로서 주님을 믿고 따르며 하느님 보시기에 좋은 모습으로 살겠노라 다짐도 하였다.

그러나 시간이 갈수록 세례 때의 뜨거운 열정은 점차 식어갔고, 어느 때부터는 주일 날 성당 가는 것조차도 귀찮게 여겨졌다. 고백성사를 보기 싫어서 마지못해 성당으로 향하는 날이 많았다.

직장과 성당을 오가며 바쁘게 사는 나를 주변에서는 대단하다고 했지만, 문득문득 내가 진정 가톨릭 신자이긴 한가? 라는 생각이 들곤 했다. 나는 과연 누구이며 가톨릭 신자로서 어떻게 사는 것이 잘사는 건지에 대한 끊임없는 질문이 따라다녔다.

그럴 때마다 기도와 성서에서 답을 찾으려 했지만 어쩐 일인지 늘 시작은 원대하나 끝은 미미했다. 그러던 차에 만난 책이 《교육, 영성만이 답이다》라는 책이다. 이 책은 당시 논산 대건고등학교 강석준 교장 신부님과의 대담 내용을 윤학 변호사가 정리한 책이다.

1985년에 논산 대건고등학교에 교목으로 부임하신 후부터 교장이 된 후 인성교육을 위해 영성계발에 힘써온 일들을 소상히 기록하고 있다.

좀 더 일찍 올바른 영성에 눈을 떴더라면 신앙생활이 훨씬 더 풍요로 웠을 거라는 생각을 했다. 요즘 문제가 되고 있는 학교폭력, 청소년 비행의 다양한 문제들도 영성교육으로 예방할 수 있고, 영성교육이 잘 되면 학력은 저절로 올라간다는 사실도 대건고등학교의 사례로 입증해 주셨다.

현재의 지식중심, 학력위주의 교육 패러다임을 인성중심으로 바꾸어야 한다는 것을 모르는 사람은 없다. 그러나 실행이 쉽지 않은 까닭은 기성세대뿐만 아니라 이 사회가 너무 현상적인 것들에만 목표를 두기 때문이다. 영성이 없기 때문에 돈, 승진, 좋은 차 등에 목표를 두는 것이다. 끊임없이 진정한 삶의 의미를 탐구하는 사람만이 영성이 계발된다.

참된 가치가 무엇인가? 나는 누구인가? 어떻게 살아야 하는가?에 대한 끝없는 질문에 대한 답은 현실적 논리만으로는 찾을 수 없다. 영성의 세계로 바라보았을 때 희미하게나마 방향이 보이고 길이 보인다는 것이다. 그만큼 영성은 우리의 삶을 올바로 이끌어가는 빛과 같은 것이다.

대건고등학교는 가톨릭 학교였지만 1985년 그 당시에는 일반 학교와 다름없는 입시중심의 교육을 하는 학교였다. 가톨릭 학교의 정체성이 없는 학교에 부임하여 인성교육을 하려니 학력이 떨어진다는 이유 등 저항이 많았다. 신부님은 학력 저하의 원인은 인간관계에 있음을 알고, 인간관계를 회복하면 학력도 올라가리라는 가설을 세우고 인격적인 만남을 통한 인성교육을 하였다.

인성교육은 인격적인 만남을 통해 보편적인 가치관이라는 큰 그릇을 만드는 과정이라고 하셨고, 지식교육은 그 그릇 속에 담기는 내용이라고 여겼다. 물의 모양이 그릇의 모양을 따라가듯이, 아이들이 배운 지식도 아이들의 가치관에 따라 달리 쓰이게 된다고 하신 말씀에 공감이 갔다.

신부님은 본질 직관 능력의 은총을 받으신 분이다. 어떤 문제가 생기면 항상 본질과 연관지어서 그 사안을 바라보았다. 문제가 될 법한 일도 '이걸 어떤 방법으로 승화시킬까?' 를 먼저 생각하서 실천하셨다. 난관에 부딪혔을 때도 흔들림 없이 본질 직관 능력을 발휘하셔서 지혜롭게 처리하셨다.

처음 교목으로 부임했을 때 교사들 사이에서 왕따 취급을 받으면서도 묵묵히 뜻하는 바를 하나씩 해결해 가는 모습에 박수를 보냈다. 교장이 된 후의 일화도 많다. 학생들 앞에서 인성교육에 역행하는 행동을 한 교사에게 책임을 지도록 해서 결국 학생과의 진정한 만남으로 이어지게 한 일. 성지순례 갔을 때 학생들의 잘못을 묻지도, 따지지도 않고 용서해 주시는 모습에서, 진짜 멋진 용서는 토를 달지 않아야 함도 깨닫게 해 주셨다.

하느님께서는 우리가 잘못했어도 아무 말씀 안 하고 기다리신 것처럼 신부님도 학생들의 잘못을 알고도 아무 일 없는 것처럼 기다려 주셨다. 결국 학생들 스스로 잘못을 인정하고 원점으로 되돌려 놓았다. 이런 변화를 이끌어내는 힘이 곧 영성이고 지혜임을 알았다. 어찌 이러한 일이 학교의 신부님만 해야 할 일인가? 가정에서도, 사회에서도 그렇게 해야 개인과 사회가 함께 성장해 갈 수 있다.

본질 직관 능력은 영성이라고 할 수 있다. 인간은 몸이 있고, 그 안에 혼이 있고 더 깊은 곳에 영의 세계가 있다. 몸, 혼, 영 각각의 패러다임에 따라 세계관이 달라진다. 직관의식은 존재의식, 생명의식, 사고의식을 다 포함한 영원성과 만나는 하느님과의 관계성이다. 똑같은 사물을 봐도 영의 차원까지 인식한다면 그 삶은 영 중심이 되는 것이다.

내 삶이 영 중심이 되는 날은 언제나 올까. 하느님께 '나는 누구입니까? 어떻게 살아야 합니까?'라고 자꾸 질문하다 보면 언젠가 영성의 그릇이 채워져 그 위에 내 모습과 내 삶의 모습을 비추어 주시겠지. 그릇이 채워질 때까지 자꾸 영성의 그릇을 들여다볼 수밖에.

(2014. 12. 『경향잡지』)

극기복례(克己復禮)

교감으로 승진되면서 서귀포시교육청 소속 학교로 발령을 받았고, 그로 인해 평화로를 달려 출근을 하게 된 때의 이야기다. 시간적으로는 약 40분 정도 달리면 되지만, 제주시내학교에 출퇴근을 할 때보다 운전에 대한 부담이 더 커졌다. 쌩쌩 달리는 차들의 대열에 끼어 다른 차와 속도를 조절하여야 하기에 훨씬 위험한 편이다. 자칫 잘못하면 사고를 불러오기 때문이다.

발령소식을 들은 어느 지인(知人)은 평화로로 출퇴근하려면 차를 좋은 차로 바꾸라는 권유를 했다. 물론 안전을 생각해서 하는 말이다. 그 말을 듣고 보니 아주 좋은 차는 아니지만 지금보다 한 단계 더 좋은 차를 타고 싶은 생각이 스멀스멀 올라왔다. 어느 순간에는 '혼자 타고 다니는 차인데 이 정도면 족하지 뭐, 교감이 대단한 건가?' 하며 꾹꾹 눌러 앉혔다. 그러다가 교감이 되었으니 좀 더 좋은 차로 바꾸어도 무방하겠지(?) 하는 생각이 점점 나를 지배했다.

친정집에 들렀다가 장거리 운행에 따른 사고에 대비도 할 겸 조금 좋은 차로 바꾸어야 할 것 같다는 말을 친정아버지께 내비쳤다.

"그래 교감으로 승진도 했으니, 차를 좀 좋은 차로 바꾸는 것도 좋지."라는 말부조와 함께 찬조금(?)이라도 보태 주실지 모른다는 생각에서였다. 그런 나의 김칫국 같은 생각은 완전히 빗나가고 말았다.

아버지께서는 "극기복래라는 말을 아느냐?"로 첫 질문을 시작하셨다. '克己福來' 자신의 이기심을 참고 이겨내면 복이 온다는 뜻을 누가 모르랴. 그런데 아버지께서는 한자로 '克己復禮'라고 쓰시는 것이었다. 아하, 내가 '복례'를 '복래'로 잘못 듣고 핀트를 잘못 맞추었구나, 생각이 짧았어!

자고로 '제대로 된 사람은 자기를 이기고 본래대로 예를 갖추어야 한다'면서 '직위가 교감으로 바뀌었다고 차를 바꾸겠다는 생각은 너답지 않다'면서 따끔하게 나무라셨다.

'克己復禮'를 사전에서 찾으면 '자기의 욕심을 누르고 예의범절을 따름'이라고 쓰여 있다. 자기의 욕심을 눌러 본래의 예를 갖추라는 말이다. 공자님이 인(仁)에 대해 말할 때 제자 안현이 물었다.

"인(仁)이란 무엇입니까?" 공자님이 대답했다.

"극기복례(克己復禮)이니라."

자기를 극복하고 본연의 예로 돌아가는 것이 마땅하다. 즉 나의 단편적 생각을 극복하고 마땅히 추구해야 할 이치대로 행하는 것이 인(仁)이요, 그 인(仁)을 실천하는 방법이 곧 극기복례라는 말이다. 쉽지 않기 때문에 더욱 애써 노력할 가치가 있는 미덕임을 알지만, 그때는 자동차를 바꾸는데 이런 훈시(?)를 들어야 한다니 하는 생각도 들었다. 하지만 아버지 말씀이 옳다. 아버지께서는 내가 혹시 교감이라는 직위 때문에 헛바람이 들어서 체면치레로 차를 바꿀까 봐 미리 쐐기를 박은 것이다.

그런 아버지를 나는 존경한다. 아버지를 존경하는 이유는 또 있다. 남편과 결혼하기 전에 가난하다는 이유를 들어 결혼을 꺼리자, 아버지께서는 돈은 있다가도 없어지고, 없다가도 생기는 것이라고 하시면서 뿌리가 있는 집안의 자손이고 몸과 마음이 건강하니 돈은 아무 문제가 없다고 하셨다. 그 말씀을 늘 가슴에 새기며 살고 있지만, 가끔은 돈돈 할 때도 있으니 아직도 극기복례(克己復禮)에 이르기는 멀었다.

그렇다. 지금은 나를 다스려 극기복례(克己復禮)를 할 때다. 나의 말, 나의 행동, 나의 의식, 나의 생각들이 예를 갖추어 제자리에 돌아오도록 나를 감시하고 관리할 때다. 이제 본연의 나로 돌아와 마음에 한 점 부끄러움이 없도록 나를 다스릴 때이다. 나답게 살도록 스스로 나의 매서운 스승이 되어야 할 것이다. 교감이라는 직함 뒤에 붙은 체면의 탈을 벗어 던질 것이요, 허식의 울타리를 벗어나 더욱 맑은 생각의 날개를 달아 자유롭게 훨훨 날아갈 것이다.

(2008. 여름. 『지구문학』)

바다를 보며

을유년 새해 벽두에 남부아시아를 강타한 쓰나미로 인한 재해(災害)는 이 지구 상 가장 큰 재앙(災殃)이라고 말하고 있다. 수많은 사망자와 함께 사라진 물질문명의 결과물−건물, 차, 동식물, 기타 등등−들이 순식간에 자취를 감추고 말았다.

신이 내린 대재앙 앞에 우리 인간은 무너져 내리는 절망의 고통을 부여잡고 울부짖을 수밖에 없었다. 사라져 버린 마을, 아내와 자식들을 다 잃어버린 한 남자의 망연자실한 표정을 보자 나도 모르게 마음 한곳에서 뜨거운 원망이 화산처럼 불끈 숫는다. 거대한 자연에 대항해 분노하고 원망한들 무슨 소용이 있겠는가만 그래도 누군가에게 분풀이해야만 할 것 같다.

지진 해일이 휩쓸고 간 수많은 생명체와 비생명체들은 지금 어디쯤에 있을까. 바닷속 그 심연의 세계에서 자신이 원하지 않는 다른 모습으로 자리를 차지하고 있을 온갖 형상들을 떠올려 본다.

지금 그 바다는 무슨 생각을 하고 있을까? 수많은 사람, 그들과 함께

했던 모든 것들을 집어삼킨 바다는 조금도 고뇌하고 있지 않다. 일말의 죄책감도 없다. 마치 기억상실증에 걸린 사람처럼 언제 그랬느냐는 듯이 태연히 그 자리에서 움직이고 있다.

설령 이제 와서 그 바다가 죄책감에 빠져 아무 말 못하고 있다고 하더라도 인간의 가슴에 남겨진 아픈 상처는 지워지지 않을 것이다. 쓰나미를 몰고 왔던 바다 이야기가 마치 전설 속의 이야기처럼 여겨질지라도 말이다. 자연의 힘으로 받은 상처는 다시 자연의 힘으로 치유될 때까지 우리 인간은 아무것도 할 수 없다. 그게 자연의 힘 앞에서 할 수 있는 인간의 한계이다.

해안도로를 따라가며 바다를 본다. 제주도 애월읍의 바다와 남부아시아의 태평양 바다는 하나다. 아니 이 지구상의 바다는 어쩌면 하나다. 다 한 몸뚱이나 다름없다. 쓰나미를 만들어냈던 남아시아의 바다 한끝과 제주의 바다는 이어져 있다. 지금 제주의 바다는 평온하기만 하다.

바다는 인간의 구역으로 오지 못하게 묶여 있는 집 지키는 개처럼 아무리 화가 나도 그 자리에서 온몸으로 짖어댈 수밖에 없다고 생각했다. 그런 바다가 우리 인간에게 덤벼들었다. 자신의 구역을 넘고 인간의 구역을 침범했다. 무엇이 그렇게 바다를 화나게 했단 말인가? 우리 인간들이 자연을 무시한 처사에 화가 났는지도 모른다. 때로는 평온한 음악과도 같고, 때로는 찬바람 흩뿌리는 고약한 사람 같기도 한 바다가 주체할 수 없는 욕망처럼 인간의 도시를 삼켜 버렸다.

우리를 집어삼킨 바다는 우리가 잃어버린 것을 보상해 주지 못하기에, 그저 인간의 힘으로 조금씩 조금씩이라도 다시 일어서려 할 뿐이다.

그저 조금씩이라도 잊어버리면서 용서할 수밖에 없다. 우리가 바다를 용서하지 않으면 살아있는 우리가 더 힘들어진다.

우리가 할 수 있는 일은 쓰나미 피해자들이 힘겹게라도 다시 일어서서 그 바다를 예전처럼 바라볼 수 있게 해 주는 것이다. 삶의 터전을 다시 만들고, 가족을 만들고 가재도구를 만드는 데 필요한 것들을 보내주는 것이다. 세계 각국은 쓰나미 피해자들을 돕기 위해 나름대로 최선을 다하고 있다. 경제적인 원조뿐만 아니라 물적 인적 자원을 보내어 그들을 돕고 있다.

우리나라도 500만 불을 원조하기로 했고, 각 기관이나 민간단체에서 자원봉사팀을 구성하여 현지를 찾아 봉사활동을 벌이고 있다. 먹을 물도 부족하고, 의약품도 부족하고, 어느 것 하나 제대로 된 것이 없는 그곳에서 밤잠을 못 자면서까지 열심히 의료봉사를 한다는 어느 대학팀 이야기를 듣고, 우리 대한민국의 국민성을 알리는 것 같아 마음이 뿌듯하였다. 자연은 힘겹게 살려고 하는 하찮은 우리 인간들을 더는 괴롭히지 말았으면 좋겠다.

지원의 손길을 약속하거나 지원을 보내는 국가들이 줄을 잇고 있다. 유엔 사무총장도 지원을 약속한 국가들에게 약속이행을 촉구하고 있다. 나눔을 통한 인도적 지원이야말로 세계를 하나로 묶는 평화의 도구가 될 것이다.

(2005. 1)

한 걸음씩 놓아가는 징검돌

김종호
(시인)

여는 말

　　김순신의 첫 작품집 《바람 사람 사랑》에 이어 두 번째 작품집 《길에서 길을 찾다》를 내면서 그 발문을 이번에도 나에게 의뢰했다. 나로서는 영광스런 일이지만 혹여 그녀에게 누가 되지 않을까 여전히 조심스럽다. 하여 살얼음 위를 걷듯 46편의 작품을 정독하였다.

　　김순신의 수필세계는 한 마디로 '한 걸음씩 놓아가는 징검돌' 이라고 말하고 싶다. 그것은 그녀의 수필의 진정성과 성실성을 다른 말로는 표현할 길이 없기 때문이다. 살면서 체험한 일들을 내면에서 숙성시켜 한 예술작품으로 형상화한 것이 수필이라고 한다면 김순신의 수필은 곧 그녀의 인생의 단면일 터이다.

　　그것은 그녀의 삶의 길에서 존재적 의미와 가치를 정립하고 이를 삶의 현장에서 구체적으로 구현하려는 의지와 노력이 녹아 흐르기 때문이다. 그것은 곧 그녀의 신념일 터, 한 학교의 교육을 책임지는 교장으로서, 그리고 오랫동안 몰입하여 온 수필문학의 중견작가로서, 두 자녀의 엄마로서, 한 남자의 아내로서 한 발자국씩 걸어온 삶의 무게와 중후함이 작품으로 배어나고 있다.

그녀는 무엇보다 자신의 삶을 사랑하고 있으며 그것은 사회의 일원으로서 책임을 다하는 기본에 충실한 생활로 이어지고 있다. 뚜렷이 크게 나타나지는 않지만 작고 꾸준하게 삶의 주변을 밝고 아름답게 가꾸어가려는 마음이 도처에서 우리들의 무딘 정서에 작은 지진으로 진동한다. 이러한 그녀의 삶의 존재적 의미와 가치를 그녀의 생의 철학으로 신념 위에 설정할 수 있었던 그 기저에는 독실한 천주교인으로서의 그녀의 신앙이 바탕이 되고 있으며 수필 곳곳에서 그녀의 깊은 내면의 삶을 만나게 된다.

수필이 시나 소설에 비해 문학성이 떨어진다는 이도 있다. 그런가하면 '문학은 시로 출발했으나 수필로 완성될 것이다.' 라는 평자도 있다. 그런 관점에서 시와 소설이 가상과 허구가 수용되는 문학인 반면 수필은 인간의 내면의 진솔한 속삭임으로써 공감과 감동으로 독자와 밀착하는 문학이다.

이제 조용히 그의 수필세계를 산책하면서 그녀와 삶의 진솔한 이야기를 나누고자 한다.

1. 저 들판을 걸으며

인생은 길이다. 그것도 들판을 걸어가는 일이다. 그 미지의 들판에서 우리는 여러 가지 일들과 만난다. 만남은 곧 관계이다. 어차피 혼자 태어나서 혼자서 가는 게 인생이지만 그 여정에서 수없이 많은 만남을 만난다. 그래서 외롭고 슬퍼하고 고통을 느끼며 절망하고 사랑하고 연민하고 그리워하다가 끝내는 모두와 이별하고 쓸쓸히 혼자서 간다. 그 끝없는 만남과 헤어짐의 들판에서 김순신은 길을 찾고 있다. 그녀와 함께 길을 찾아보자.

사람에 치이고 일에 치이면서 김순신은 우리에게 훌훌 털고 길을 나서보라 한다. 길이 보이고 빛이 보인다고 한다.

오름이나 올레길을 걷는다는 것은 나에게는 길을 찾는 시간이요 충전의 시간이다. 정시 출퇴근을 반복하는 일상에서 벗어난 것만으로 살맛나는데, 걸으면서 더불어 자연을 만날 수 있으니 얼마나 좋은가.

일상에서 풀리지 않는 일들을 며칠씩 안고 있다가 걸으면서 풀어놓고 헤쳐보면 때로는 명쾌하게 답이 보이기도 하고 때로는 안개처럼 자욱한 속에서 얼핏얼핏 빛이 보이기도 한다. 그 명쾌함이나 빛은 완전한 정답이 되지 않을 수도 있지만 나는 그것을 존중한다.

적어도 속단하지 않았다는 이유에서이다. 결국, 길을 걸으면서 길을 찾고 희망을 찾는 셈이다. 걸으면서 만나는 들풀이나 꽃, 나무들의 작은 흔들거림은 나의 지친 영혼에 단비를 내려주고 양분을 준다.

아는 사람에게 인사를 하듯 가끔 이름을 아는 꽃이나 풀들에게는 더욱 반갑게 인사를 하게 된다. 아는 것과 모르는 것의 차이는 모든 피조물을 대하는 자세까지 바꾸게 한다. 아는 만큼 보인다고 했듯이 올레길에서 만나는 것들도 그렇다. 가끔 시선을 끄는 들꽃을 만나면 한 번 더 굽어보고 다음에는 이름을 불러주어야겠다는 생각을 하나 돌아오면 잊어버리기 일쑤다. 망각이라기보다 우선순위의 문제인 것 같다.

－〈길에서 길을 찾다〉 중에서

〈길에서 길을 찾다〉는 김순신의 두 번째 수필집의 제목이다. 그만큼

'길'에 대해서 많은 생각을 하고 있으며 길을 찾는 데 천착하고 있다. 길 앞에서 인류사를 이끌어간 많은 현인과 석학들이 우리의 삶을 안내하고 있다. 그럼에도 사람들은 여전히 안개 속에서 방황하고 있다.

김순신의 올레길은 생각하는 길이다. 길을 찾아가는 길이다. 길에서 '고지는 저기 있다.' 목표를 바라보면서 사는 사람은 많지 않다. 더구나 애정의 눈으로 삶을 바라보는 사람은 많지 않다. 김순신은 길을 걸으면서 풀 한 포기 작은 돌멩이에도 이름을 불러주고 사랑한다고 말한다. 그러면서 '길'의 선구자인 두 사람의 삶을 롤모델로 소개하고 있다. 올레길을 처음 만든 서명숙의 개척정신과 아프리카 오지마을 톤즈에서 젊은 생을 마친 고(故) 이태석 신부의 헌신의 삶을 '하나는 자연과 함께 어우러져야 할 길, 하나는 빛을 따라 걸어가야 할 길'이라고 소개하면서 한 번뿐인 인생을 어떻게 살아야 하는지 숙연한 마음으로 돌아보게 한다.

199

내가 만일 10년만 젊었다면? 이러한 질문을 받자 나의 두뇌는 안타깝게도 '나는 결코 10년을 젊어질 수 없다'라는 답을 떠올리고 있었다. 시공을 10년도 넘나들지 못하다니 내가 한심스럽기 짝이 없다. 마음먹기에 따라 10년, 아니 그 이상 젊어질 수도 있다는 발상을 왜 못하는지. 나이는 들어도 마음은 이팔청춘이라는 말이 있지 않은가.

타임머신이 나를 10년 전으로 데려다 준다면? 뭔가 거창한 일을 벌릴 수 있을 것 같지는 않다. 지금까지 살아온 방식이나 범위에서 크게 벗어나지 못할 것이 뻔하다. 천직으로 여기는 교직을 그만둘 수도 없는 일이고, 선생으로 사는 내가 할 수 있는 일은 한계가 있기 때문이다. 하루 24시간을 쪼개어 분 단위의 인생을 산다고 한들 내 인생의 방향은 바꿀 수가 없다. 그래도 못다 한 일들을 해 보고 싶은 마음은 하늘을 찌른다. 　　　　　　　　　　－〈10년만 젊었다면…〉 중에서

발
문

천당에 있는 사람들과 지옥에 있는 사람들에게 똑같이 팔의 길이보다 더 긴 숟가락을 나누어 주고 꼭 그 숟가락으로만 음식을 먹으라고 했답니다. 지옥에 있는 사람들은 숟가락에 음식을 담고 자기 입으로 가져가려고 아무리 애를 써도 숟가락이 너무 길어서 도저히 먹을 수가 없었답니다. 그런데 천당에 있는 사람들은 긴 숟가락으로 음식을 떠서 서로 상대방에게 먹여주고 있더랍니다. 상대방의 입장을 먼저 생각해서 도와주려는 마음이 서로가 음식을 먹게 된 좋은 결과를 가져온 것이지요. 우리의 생활도 그러합니다. 나의 입장만 생각하고 욕심을 채우려 하기보다 남을 배려하다 보면 자신도 저절로 행복해집니다. 그러니까 다른 사람을 위한 배려를 실천하는 일은 결국 나를 위한 것이라고 할 수도 있습니다.

– 〈배려와 친구 되기〉 중에서

〈10년만 젊었다면…〉에서 김순신은 타임머신을 타고 10년 전으로 돌아간다 해도 지금까지의 삶과 크게 다르지 않을 것이라고 한다. 그렇다면 꿈도 욕망도 거세당한 초로의 할머니가 되었다거나 현재의 삶이 더할 수 없이 행복하다는 뜻인가.

그러나 그런 것이 아닌 것은 '누구에게나 현실의 한계를 뛰어넘고 싶은 소망이 있기에 그만큼 간절함이 담긴 말이기도 하다' 라는 표현에서 알 수 있다. 삶에 대한 김순신의 눈은 허탄하지 않고 우직하리만치 성실하다. 그래도 '피아노를 둘러싸고 노래 부르며 연주를 할 수 있는 날이 오기를 기대하며 악기연주에 몰입해 볼 생각이다' 라고 말한다. 그녀의 소박한 꿈이 10년 뒤에 이루어지기를 바라며 나 또한 10년 더 살아서 그 연주회에 참석하고 싶다.

〈배려와 친구 되기〉에서 "사랑하는 어린이 여러분!" 으로 시작되는 훈화에서 인간관계에서 '배려와 친구가 되라고' 말한다. '그게 곧 너와 내가 함께 행복한 길이 된다' 고 비유로 말하고 있다. 예수님은 그의 제자들에게 비유를 들어 가르쳤다.

비유는 표현하고자 하는 대상을 가장 인상적인 다른 대상에 빗대어 구체화하는 표현기술이다. 시가 시답게 하는 게 비유이듯이 직설화법 보다는 비유로 말할 때 인상 깊고 되돌아 깊이 생각하게 된다. 10년을 더 준다고 해도 천직으로 여기는 교사를 그만둘 수 없을 것이라는 김순신은 천생 교사이다. 우리에게 존경하는 스승이 있듯이 이 아이들도 김순신을 오래도록 기억할 것이다.

도로를 지나치는 밭담과 곡식들이 정겹다. 해안도로로 들어서자 바다가 더 가까이서 맞는다. 출렁이는 파도와 그와 장단을 맞추는 바닷가의 돌들이 즐거워 보인다. 주거니 받거니 하며 무슨 말을 하고 있을까 궁금해진다. 아무래도 파도가 말을 더 많이 하고 돌은 묵묵히 들어줄 것 같다. 변화하는 세태에 그 자리를 지키기란 쉽지 않은 세상인데 저 돌들은 받아들임의 미학을 일찌감치 터득한 터이다.

…(중략)…

수월봉 정자에 앉으니 천당이 따로 없다. 바다는 은빛 융단처럼 반짝거리고 차귀도의 자태 또한 아름답다. 고산 마을은 한 폭의 그림이다. 스치는 바람에 땀도 날아갔다. 새삼 보이는 모든 것이 감사하고 고맙다. 산과 바다, 들도 모두가 나를 위로해 주는 친구다. 사람 사이의 관계는 좋을 때는 한없이 좋다가도 언젠가는 멀어지게 되고 때론 서로에게 상처를 주기까지 하지만 자연은 늘 한결같아서 좋다. 내가 다가가면 그도 다가오고 내가 멀어지면 그도 멀어지는 자연스러운 섭리는 서로에게 상처를 주지 않는다. 그래서 사람들은 인간사에서 해결되지 못한 일들을 자연에서 치유받고자 올레길이나 산, 바다를 찾는지도 모른다.

…(중략)…

그렇게 올레길을 걷고 목적지에 다다르면 지나온 길이 인생길처럼 펼쳐진다. 신작로도 걸었고, 먼지 나는 흙길도 걸었고, 돌길, 모래밭, 자갈길, 곧은 길, 굽은 길, 오르막길, 내리막길 등을 걸어왔음을 안다. 인생길도 그러하다. 하느님께서는 결코 평탄한 길만 걷게 하지 않는다. 다만 그런 길들을 기꺼운 마음으로 걸어가게 할 힘을 주신다.

– 〈올레길에서〉 중에서

〈올레길에서〉에서 자연은 마치 친구처럼 속삭이고 있다. 연인들의 은밀한 속삭임이 궁금한 김순신은 세태의 변화, 때론 폭풍우에도 그 자리에서 제 모습을 지키는 것은 받아들임의 미학을 터득했기 때문이라고 한다.

그런가 하면 수월봉의 정자에 앉아 그녀는 한 폭의 신선한 풍경화를 그리면서 '내가 다가가면 그도 다가오고 내가 멀어지면 그도 멀어지는' 섭리, 곧 '나의 마음이 세상이다'라는 경지로 사색의 깊이를 더하고 있다. 그녀에게 올레길은 인생길의 단면도이다. 결코 평탄치만 않은 인생길을 신앙으로 수용하여 기꺼운 마음으로 걸어가겠다고 한다.

〈바보스승〉에서 '이름을 부르면 한 그루 나무로 걸어오고/ 사랑해주면 한 송이 꽃으로 피어나는'이라는 이해인 수녀님의 시구를 인용하면서 '교직의 길을 선택하길 참 잘했다'고 한다. 그러면서도 스승의 날이 교사로서의 보람과 긍지를 느끼는 날이 아니라 교사들이 기피하는 날이 된 것을 안타까워한다. 언제부턴가 스승과 제자가 사라진 삭막한 우리의 교육환경을 아파한다.

그럼에도 '그를 위하여 부는 나팔 없고, 그를 태우고자 기다리는 황금 마차 없으며, 금빛 찬란한 훈장이 그 가슴을 장식하지 않아도 그가 켜는 수많은 촛불, 그 빛은 후일에 그에게 되돌아와 그를 기쁘게 하노

니, 이것이야말로 그가 받는 보상이로다.'

헨리 반다이크의 〈무명교사의 예찬〉을 되새기며 김수환 추기경의 말씀대로 대접받기를 바라는 스승이 아니라 사랑과 겸손의 '바보 스승' 되기를 다짐하고 있다.

이외에 〈틀에 박힌 생각들은〉에서 魂과 創과 通의 의미를 새기면서 '삶은 개구리 증후군'에서 깨어나 타성화 된 '틀에 박힌 작은 생각들'을 버리자고 스스로에게 타이르고 있으며, 〈꿈을 꾸는 한 청춘이다〉에서는 '그동안 아픈 청춘을 잘 살아내었지만, 꿈 너머 꿈을 위해 다시 꿈을 꾸고 싶은 거다.' 이 한 구절로 시보다 감동적인 한 편의 수필을 완성하고 있다.

2. 가슴으로 걸어가다

생성과 소멸은 우주 질서의 본질이며 곧 신의 섭리의 질서가 되는 것이다. 그래서 인간의 삶은 생성에서 소멸까지 걸어가는 길이다. 흔히 자연스럽다 할 때 억지로 꾸미지 않아 어색하지 않다는 자전적 의미보다는 오랜 달관에서 오는 순수하고 소박한 인간적 이미지로 다가온다는 것을 뜻한다.

자연과 더불어 조화로울 수 있는 것은 어떠한 행동에 앞서 먼저 가슴으로 받아들임이 있어야 할 것이다. 그런 점에서 모든 사물을 바라보는 김순신의 눈은 섬세하고 깊다. 꽃 한 송이나 한낱 돌멩이일지라도 그녀의 눈높이에서 바라보고 있으며 사람과의 관계에서도 인간과 인간의 속삭임 곧 진정성과 순수함으로 다가간다. 그녀의 가슴으로 걸어가는 길을 따라가 보자.

　　세간에서 행복전도사라고 불리던 여자가 남편과 함께 스스로 목숨을 끊었다. 뜻밖의 소식에 가슴이 아프고 안타까워 한동안 가슴이 멍했다. 단발머리에 소녀 같은 밝은 미소로 시청자들 앞에 나타났던 그녀의 모습이 선하다. 매사를 긍정적 시각으로 바라보고 해석하는 그녀의 인생관이 좋았고, 꾸밈없이 털털하게 풀어내는 그녀의 진솔함이 또한 좋았다. 그녀는 삶의 고단함을 치료하는 처방으로 늘 희망과 행복을 말해 왔다. 그래서 행복전도사라는 별명까지 얻었지 않았던가. 적어도 그녀라면 어떤 불행도 마인드 콘트롤하여 행복으로 바꾸어 의연하게 잘 살아갈 것 같았다. 그런 그녀가 질병의 고통 앞에 무릎을 꿇고 스스로 생을 포기하였으니 그녀도 별수 없는 사람이었다는 생각이 든다.

　　…(중략)…

　　창조주께서 우리에게 그런 권한을 주시지 않은 것은 생명 그 자체가 고귀한 것이고 언제 죽을지 모르는 인생이므로 생명이 있는 한 최선의 삶을 살라는 뜻일 게다. 고통의 피난처를 찾다 보면 죽음이라는 유혹에 넘어갈 수도 있다. 그러나 그 고통을 이겨내고 견디어 내는 삶이 진정 가치 있는 삶이다.

– 〈별수 없는 사람〉 중에서

204

　　〈별수 없는 사람〉에서 왜 김순신은 한 여자의 자살을 두고 '별수 없는 사람'이라고 말하고 있을까? 지금까지 우리가 알고 있는 그녀는 타인의 불행을 못 견뎌 하는 정이 많은 여자가 아닌가? 여기에는 그녀의 역설이 있다. 행복전도사라 불리는 여인은 별명에 걸맞게 불행한 모든 사람에게 희망과 행복을 꿈꾸게 하였다.

　　그러나 그 여인은 '홍반성루푸스'라는 병 앞에서 자신뿐 아니라 남편과 동반자살을 한 것이다. 그것은 그 여인을 통하여 불행을 극복하여 가던 많은 사람의 등불을 끄고만 꼴이 되고 말았다. 여기에 김순신은 가슴을 치고 있다. 더구나 생명이란 내 마음대로 할 수 있는 것이 아니라는 신앙적 인식을 하고 있기에 이전의 존경심에 상처를 입었다 할 것이다. 생명은 이 세상 무엇과도 바꿀 수 없는 존귀한 신의 선물이며 인간은 스스로 사랑하며 잘 관리할 의무가 있다는 것이다. 그래서 김순신은 '생과 이별하는 순간까지 살아있음에 감사할 수 있었으면 좋겠다'고 한다.

봄은 유독 신록의 잎들이 사랑스럽고, 피어나는 꽃송이가 대견하게 느껴지는 시기이다. 햇빛에 빛나는 어린 잎들과 소담스럽게 핀 꽃들은 언제 보아도 아름답다. 식물의 자람을 바라보는 일은 희망을 품는 것과 같다. 어린 잎들은 더 자랄 것이요, 때가 되면 꽃이 피고 열매를 맺을 것이기 때문이다. 필자는 요즘 창가의 화분과 초록 운동장을 뛰어노는 아이들을 보면서 행복을 느낀다. 화분에 꽃식물이 잘 자라서 꽃이 피기를 바라듯이, 아이들도 훌륭히 자라 아름답게 인생을 펼쳐 나가길 바란다.

…(중략)…

나는 꽃다발을 선물하는 것은 낭비라고 생각했던 때가 있다. 금방 시들어 버릴 꽃을 선물하느니 그에 상응하는 물건을 선물하는 것이 낫다는 생각을 했다. 눈에 보이는 효용성만을 생각했기 때문이다.

그러나 그때의 꽃다발의 효과는 돈의 가치로 따질 수 없을 만큼의 효과를 발휘했다. 꽃다발은 받는 사람에게 존재감을 일깨워주고 충만감을 느끼게 한다. 한 단의 꽃다발을 받는 순간 그 사람은 꽃과 같이 아름다워진다. 그리고 그 사람의 가슴에서도 행복의 꽃, 감사의 꽃이 피어난다.

…(중략)…

꽃을 받으면 그 꽃은 받은 사람에게 의미 있는 존재가 된다. 그것은 꽃을 준 사람과 그 꽃이 동일시되어 사랑의 대상으로 다가오기 때문이다. 꽃은 보는 이를 행복하게 하는 그 자체만으로도 충분히 대우 받을 만하다. 누구에게나 안겨서 그를 빛나게 해 주는 꽃다발의 영광이 아니라도 혼신의 힘으로 오롯이 피어나 보는 이에게 자신을 통째로 봉헌하는 꽃을 보며 꽃에 대한 예의를 생각한다. 그래서 시든 꽃도 함부로 버리지 못해 모아두기도 하고 절에 가서 버리거나 불에 태운다는 사람도 있다.

…(중략)…

초록 잔디운동장에서 뛰어노는 아이들이 꽃처럼 아름답다. 그 아이들에게 잘 자라주기를 바라는 주문을 걸어본다. 신록이 짙푸른 숲을 이루고 어린 풀이 자라 꽃을 피우듯이, 아이들도 장차 이 땅의 일꾼으로 어디서든 아름다운 꽃의 열매를 맺을 것이다. 아이들을 가르치는 일은 가슴에서 신록을 키우며 꽃이 피고 열매 맺기를 희망하는 일이다. 창가의 꽃 화분과 매일 눈을 맞추듯 진정 사랑으로 보살피고 함께 호흡할 때, 저 아이들도 언젠가는 아름다운 꽃으로 피어날 것임에 틀림없다.

– 〈꽃 선물〉 중에서

조종사는 비행기의 안전운항을 위하여 이륙과 착륙의 짧은 시간에 매우 긴장한다고 한다. 그처럼 수필에서도 '들어가기'와 '나가기'는 작품의 구성에서 매우 중요하다. 간결한 방향제시와 긴장감 있는 전개와 말미에 인상적인 메시지 전달이 작품성을 결정하게 될 것이다. 그런 점에서 〈꽃 선물〉은 잘 구성된 인상적인 수작이라 할 것이다.

〈꽃 선물〉에서 직원이 손수 만든 꽃 화분을 선물 받은 김순신은 '살아있는 생명체를 선물하는 것은 잘 자라기를 바라는 마음까지 선물하는 것이다.'라고 인식한다.

그녀는 문득 결혼 후 처음으로 남편에게서 받은 장미꽃다발의 감동을 떠올리면서 '꽃다발은 받는 사람에게 존재감을 일깨워주고 충만하게 한다. 한 단의 꽃다발을 받는 순간 그 사람은 꽃과 같이 아름다워진다.'라는 시적인 아름다운 문장이 태어나고, 읽어가다 보면 곳곳에 소름이 돋는 빛나는 문장들을 만나게 된다.

수필문학에서는 사실과 체험이 전제되고, 그 사실과 체험을 의미화하는데 작가의 사상과 가치관이 필요하고, 또한 제재의 의미를 효과적으로 형상화하는 표현이 요건이 된다. 김순신 수필에서 사실과 체험을 어떻게 의미화해서 형상화하는지 따라가 보자.

믿음직스러웠다. 언제나 푸르러서 좋았고, 한설 북풍에 날아온 눈의 무게에도 의연하였다. 가슴을 후비는 태풍에도 요란하지 않았다. 그렇다고 사철 무덤덤한 것은 아니다. 봄이면 여린 솔 순을 뻗어 올려 봄을 느끼며 하늘과 더 소통하고자 했고, 솔방울을 키우며 계절을 알렸다. 여름 땡볕에 그늘을 내주고도 생색내지 않았고, 오가는 새들에게도 한결같았다. 자신의 향기를 송편에 내어주기 위해 뜨거운 솥에 들어가는 것도 마다하지 않았다. 그런 그를 나는 좋아했다. 마당 한편에 그가 서 있다는 것만으로도 나는·든든했고 우리 집은 그로 인해 운치가 더했다.

그런 그가 원하지 않는 재앙을 만나 붉은 소나무로 변했다. 푸르렀던 기상만큼이나 그 절개도 강하여 죽어서도 모양새는 변함이 없다. 그 형상이 살아 있는 것처럼 꼿꼿하여 죽은 나무라고 믿어지지가 않았기에 조금 더 두고 기다렸다. 혹시라도 어디에선가 초록 잎이 다시 나지 않을까 보고 또 보았지만 시간이 지날수록 허망함뿐이었다.

　　　　　　　　　　　　　　　　　　　　　　　– 〈그와의 이별〉 중에서

〈그와의 이별〉에서 소나무는 단순히 소나무가 아니다. 김순신에게 소나무가 그가 되었을 때 소나무는 독자들에게 특별한 존재로 각인된다. 그러나 "제발 살아만다오." 그녀의 간절한 기원에도 소나무는 재선충에 감염되어 죽고 말았다. 그래서 소나무의 죽음이 우리 가슴에 검은 구멍 하나를 뚫어 놓는다. 김순신에게 자연은 발길에 차이는 돌멩이가 아니라 인간과 동격의 생명이며 생활공간을 함께 향유하던 소나무는 각별한 '그'가 된다. 〈그와의 이별〉에서 그녀의 각별한 '그'가 우리 가슴을 아프게 하는 것이다.

새끼를 낳고 한 달 정도 된 후 퇴근하고 집에 왔는데 믿음이가 곧 숨이 넘어갈 듯이 할딱거리며 비틀거린다. 그 눈빛이 살려달라고 애원하는 듯 간절했다. 금방 어떻게 될 것 같은 생각에 '제발 살아다오' 하는 기도를 하며 급히 병원으로 갔다. 병원에 들어서자마자 "얘는 새끼가 다섯 마리나 있어요. 절대 죽으면 안 돼요, 제발 살려주세요."

…(중략)…

새끼를 위해 모든 것을 내어주다 부족하면 뼛속의 양분, 심지어 심장의 양분까지 내어주는 어미 개처럼 자식을 위해 모든 것을 다 준 이 땅의 모든 어머니가 있기에 자식들은 행복한 것이다. – 〈절대 죽으면 안 돼요〉 중에서

하루는 개밥 주는 일을 남편에게 부탁했더니 울컥하며 화를 냈다. 개밥보다 남편 밥이나 잘 챙겨주라는 시위인 듯싶었다. 회식이나 경조사, 모임 때문에 식사를 같이하지 못할 때가 더러 있다. 남편 밥보다 개밥 걱정부터 한다고 생각했을 만도 하다. 남편은 배고프면 스스로 챙겨 먹을 수 있지만, 개는 안 주면 굶는 수밖에 없기에 개를 더 챙기는 것은 당연하다. 개는 한 끼 안 먹어도 걱정 없다면서 본인은 한 끼에 목숨 걸 듯하는 남편에게 '이다음에 개로 태어나 밥 안 주는 주인 밑에서 쫄쫄 굶어봐야……' 하고 중얼거리고 나니 속이 좀 후련했다.

이 봄이 가기 전에 사랑이와 믿음이를 위해 주인이 한턱 쏘아야겠다. 목욕 한 번 시켜주고 목줄을 잡고 달랑달랑 해안도로 다녀오는 것으로.

– 〈사랑이와 믿음이〉 중에서

〈절대 죽으면 안 돼요〉에서 새끼 다섯 마리를 낳은 믿음이가 병들자

김순신은 "절대 죽으면 안 돼요!"라고 병원장에게 매달린다. 뼛속 칼슘까지 다 빨려서 죽게 된 믿음이의 모정에 7남매를 키운 어머니를 오버랩하면서 이 땅의 가난하고 헌신적인 어머니의 사랑을 확대하고 있다.

〈사랑이와 믿음이〉에서 친정집의 애완견은 애지중지 사랑받고 있다. 그러나 사료 주는 것조차 남편과 서로 미루면서 사랑이와 믿음이에게 너무 무심했던 것을 반성하고 있다.

3. 아름다운 동행

수필은 인간과 인간의 속삭임이다. 사람은 혼자 살다가 혼자서 죽는다. 그러나 결코 혼자가 될 수 없다. 나의 의지와는 무관하지만 부모의 사랑으로 태어난다.

부모의 사랑이 있었다고는 하나 생명의 탄생에는 절대자의 의지가 있다고 종교에서는 말한다. 그리고 살아가는 과정에서 부모의 보살핌을 비롯하여 수없이 많은 사람과 관계를 주고받게 된다. 그래서 우리는 얼마나 많은 이야기를 주고받으며, 얼마나 많은 정을 나누며, 얼마나 많은 상처를 주고받는가? 그 관계 맺음 중의 하나로 수필은 독자와 만나게 된다. 그래서 수필은 가장 진솔하게 가장 진솔한 사람에게 가슴으로 다가가는 속삭임이다.

한국문학은 정한의 문학이다. 약소한 우리 민족은 외세에 의한 가슴 찢기는 아픔을 많이 겪어야 했고, 봉건계급사회에서 서민들의 설움과 아픔 또한 적지 않다. 그래서 한국 사람들은 유산처럼 정한을 안고 태어난다. 그것은 또 역설적으로 관계 속에서 밀도 높은 정으로 작용하기도 한다. 한국 사람의 정은 'give and take'가 아니냐. 김순신 역시 한국 사람이다. 그녀의 수필 속에는 사랑과 연민과 배려와 따뜻함이 면면히 흐르고 있다. 이제 그녀의 인간적인 이야기 속으로 아름다운 동행을 하여보자.

수필은 이야기이며 이야기는 재미있어야 한다. 그러나 그냥 재미있는 이야기이어서는 담소로 끝난다. 수필은 삶의 진솔한 의미와 부가가치가 있어서 문학으로서 자격을 득한다.

처음에 이 글을 읽을 때는 킁킁 웃었다. 대리만족 비슷한 것이었다. 이 말을 만든 사람이 누구인지 몰라도 유머치고는 대단한 유머라고 생각했다. 남편을 향한 아내의 반란을 그렇게도 표현할 수 있구나 하면서 쾌재를 불렀다.

…(중략)…

내용은 이렇다.

'사정상 급매합니다. ○년 ○월 ○일 예식장에서 구매했습니다. 구청에 정품 등록을 했지만 명의 양도해 드리겠습니다. 아끼던 물건인데 유지비도 많이 들고 성격장애가 와서 급매합니다. 상태를 설명하자면 구입 당시 A급인 줄 착각해서 구입했습니다. 마음이 바다 같은 줄 알았는데 잔소리가 심해서 사용시 만족감이 떨어집니다. 음식물 소비는 동급에 두 배입니다. 하지만 외관은 아직 쓸 만합니다. 사용 설명서는 필요 없습니다. 어차피 읽어봐도 도움 안 됩니다. A/S도 안 되고 변심에 의한 반품 또한 절대 안 됩니다. 덤으로 시어머니도 드립니다.'

…(중략)…

그러나 남편이기에 어쩌랴 하는 마음으로 함께 나이 들어가는 남편을 측은지심으로 바라보게 된다. 그러면 숨겨져 있던 남편에 대한 고마움이 스멀스멀 기어 나온다. 그중에서도 잊지 않는 한 마디는 "내가 있잖아."이다. 오래 전 깊은 좌절과 고통의 늪에서 울부짖을 때 남편은 '내가 있잖아' 그 한 마디로 나를 일으켜 세웠다. 남편은 나의 어떤 말을 기억하고 있을까? 힘을 얻는 한 마디가 있기는 한지, 아니면 비수 같은 한 마디를 가슴에 품고 있지는 않은지 생각해 본다.

- 〈내가 있잖아〉중에서

〈내가 있잖아〉에서 '남편을 팝니다' 라는 글을 읽고 김순신은 큭큭 웃었다. 일종의 대리만족이었다. '남편을 팝니다' 라는 제목만으로도 부부관계의 아이러니를 누구나 한 번쯤 웃을 것이다. 백년가약의 부부이지만 그 긴 세월에 때로는 할 말 못할 말 다할 때가 있기 마련이다. 그래서 사람 사이에 중요한 것은 언어이다. 언어로 하여 사람은 동물이 아닌 사람이다.

소리는 공기의 파장(波長)이 끝나면 사라지지만 말의 내용은 어딘가에 기록되어 있다. 그래서 분노하기도 하고, 두고두고 그리워하기도 한다. 그래서 말 한 마디로 천 냥 빚을 갚기도 하고, 선현들이 남긴 금언들이 오늘에 살아 삶의 길 도처에서 빛나게 되는 것이다.

물질적 풍요로움 속에서 관계적 갈등이 첨예화하고, 여권이 신장하면서 이혼율이 부쩍 늘고 있다. 먹구름이 잔뜩 낀 불안한 세태를 걱정하는 김순신은 '서로 사랑하여 부부의 인연을 맺었는데 그 사랑이 식었다거나 또는 효용가치가 없다는 이유로 쓰다 버리는 물건처럼 인연을 끊을 수가 있는가?' 라고 묻고 있다. 그러면서 '오래 전 깊은 좌절과 고통의 늪에서 울부짖을 때 남편은 "내가 있잖아." 그 한 마디로 나를 일으켜 세웠다.' 고 진술하고 있다. 동시에 '남편은 나의 어떤 말을 기억하고 있을까?' 하고 자신을 돌아보고 있다. 살면서 살붙이 같은 사람들이 나의 어떤 말을 기록하고 있을까? 갑자기 서늘해진다.

〈1퍼센트 더하기〉에서 새로 이사 온 시골집에서 남편은 자연친화적 삶의 공간을 위하여 여러 가지 일을 벌인다. 그 과정에서 남편이 벌이는 일들이 영 마뜩찮을 때가 있다. 남편은 천신만고 끝에 드디어 열장고를 완성해 냈다. 구들바닥은 그 옛날 굴뚝에 불을 지핀 아랫목처럼 뜨끈뜨끈했다.

시작이 있으면 끝도 있는 법, 드디어 열장고가 완성되고 시험가동에 들어갔다. 아래에서 장작이 타면 연기는 밖으로 연결된 연통을 따라 나가고 벽돌 몸체는 따뜻해지리라는 기대는 한 방에 무너졌다. 벽돌 틈새 여기저기에서 연기가 퐁퐁 새어나와 난감하기 짝이 없었다. 그 틈새를 찾아내기 위한 시험가동을 여러 차례 반복하는 동안 열장고에 대한 기대는 남편에 대한 실망으로 바뀌어 갔다. 이럴 바에는 아예 열장고를 다 부숴서 다시 새로 짓는 게 낫겠다는 생각을 하면서 꼼꼼하지 못한 공사 탓이라고 투덜거리길 여러 번 했다. 아파트 부실시공이 생기는 이유도 이해가 되었다. 전문가들이 공사를 해도 부실시공이라는 말이 나오는데, 하물며 설계도 하나만 가지고 덤볐으니 그럴 만도 하다.

…(중략)…

구들바닥은 그 옛날 굴뚝에 불을 지펴 난방을 한 아랫목처럼 뜨끈뜨끈했다. 김치전을 곁들인 막걸리 한 잔을 들이키면서 '결혼해서 당신이 한 일 중에 가장 잘한 일이 열장고와 구들을 만든 것' 이라고 했더니, 남편은 30년 만에 처음으로 들어보는 칭찬이라며 입이 귀에 걸린다. 약간의 취기가 오르고 배부르고 등 따시니 그 순간만큼은 세상 모든 것이 부럽지 않았다. 이해인 수녀님의 시 '1%의 행복' 에 나온 글귀처럼 약간의 좋은 것 1%는 우리 삶에서 아무것도 아닌 소소한 것일 수도 있지만, 단 1%가 더해짐으로 인해 저울은 그쪽으로 기운다. 이 세상에 열심히 살지 않는 사람이 어디 있으랴. 모두가 자신의 인생설계도를 보며 최선의 삶을 산다고 하지만 살아놓고 보면 여기저기서 허점투성이인 것을. 그 허점투성이들을 고치고 다듬어가는 것이 1퍼센트 더해지는 삶이 아니겠는가?

올겨울 우리 집 저울은 남편의 혼이 담긴 열장고와 구들 덕분에 한쪽으로 더 깊게 기울어졌다.

– 〈1퍼센트 더하기〉 중에서

1퍼센트란 얼마나 하찮은 수치인가? 그러나 알고 보면 1퍼센트 더하기에서 성공하고, 실패는 1퍼센트가 모자란다. 한 생을 통하여 이 깨달음의 차이는 행복과 불행을 결정한다. 재치 있는 김순신은 김치전에 막걸리 한 잔을 곁들여 남편을 칭찬하고 남편의 입은 귀에 붙는다. '1퍼센트의 행복' 김순신은 행복할 자격이 있으며 행복할 줄 아는 여자이다.

〈크리스티나〉에서 크리스티나는 '인도양의 눈물' 이라는 스리랑카에서 한국 남편을 따라 제주까지 왔다. '눈이 유난히 반짝반짝 빛나고 하얀 이를 드러내면서 조용히 웃는 모습이 아름다웠다.' 이 한 마디로 크리스티나의 모든 것을 보는 듯 연상된다. 말할 때고 조심스럽게 진정성을 가지고 하는 크리스티나는 불교라는 실로 담백한 종교와 천주교의 희생과 사랑을 섭렵한 인격의 여인 같다.

처음 그녀를 본 것은 성당에서다. 두 딸과 함께 성당에서 봤을 때 그녀의 검은 피부가 유난히 눈에 띄었다. 그녀는 미인형인 둥근 얼굴에 큰 눈과 이목구비가 뚜렷했다. 눈이 유난히 반짝반짝 빛나고 하얀 이를 드러내면서 조용히 웃는 모습이 아름다웠다. 어린 아이의 눈이 맑듯이 그녀의 눈도 맑고 빛났다. 수녀님께서 우리 구역에 살고 있다면서 특별부탁을 했고 그 후 가끔 그녀를 만나게 되었다. 만날 때마다 그녀는 다소곳하고 예의가 발랐다. 행동 하나하나에 남을 배려하는 모습이 남달랐다.

…(중략)…

그녀를 만나면 기분이 좋아진다. 그녀와 함께 있으면 내가 존중받고 있다는 느낌과 함께 그녀에게 소중한 사람으로 대접받고 있다는 느낌이 들기 때문이다. 우리 동네 누구도 그녀를 하대하는 이는 없었다.

…(중략)…

글로벌 시대라서 우리나라 외국인 노동자 중에는 스리랑카 인들도 많은 것으로 알고 있다. 설령 스리랑카인뿐 만 아니라 중국, 인도네시아, 미국, 태국, 필리핀 등에서 와서 우리나라에서 일하고 있는 이주 노동자들을 자주 만나게 된다. 이들은 한국 땅에 정을 붙여 잘 살아보려고 무진 애를 쓴다. 우리가 그들의 마음을 얼마나 보듬어주고 헤아려 주는지 되돌아볼 일이다. 외국에서 온 사람이라고 하대하는 마음으로 말을 함부로 하는 경우도 있다. 그녀의 남편 또한 한때 잘 나가던 때 외국에 파견근무를 하다가 그녀를 만나게 되었고 결혼까지 했는데 일이 잘 안 풀려서 다시 고국을 떠나게 되었다. 한국에서 행복하게 가정을 이끌어가는 모습이 늘 보기 좋았는데 떠나서 섭섭하다.

– 〈크리스티나〉 중에서

이 땅에 크리스티나처럼 이러저러한 사정으로 이민 온 사람들이 많다. 정말 글로벌시대이다. 답답한 것은 그들이 이 땅에서 행복하지만은 않다는 것이다. 지금도 일본인은 한국 사람을 하대한다. 〈크리스티나〉에서 김순신은 우리가 가난하여 업신여김을 받던 때의 슬픔을, 차별받던 때의 아픔을 돌이켜보라고 말하고 있다. 귀화한 그들은 우리와 같이 손잡고 동행할 대한민국의 국민임을 일깨우고 있다.

장군봉은 동네 주차관리원으로 근무하는데 치매를 앓는 부인을 혼자 집에 두고 밖에서 문을 잠그고 일터로 나간다. 집에 남아있는 장노인 아내의 방 벽에는 조순이가 그린 달과 별, 산, 들, 아름다운 꽃그림이 그려져 있다. 치매노인 조순이가 그린 것이다. 그녀는 그렇게 작은 방의 다른 세상에서 살았고, 남편은 현실의 삶의 무게를 혼자 짊어지고 외롭게 버티어 나간다. "오늘은 뭐했어?"로 남편을 맞이하는 아내의 투정을 사랑과 연민으로 바라보며 씻겨주고 닦아준다.

…(중략)…

김만석 할아버지와 송 씨 할머니의 사랑은 어떤가? 청춘 남녀의 사랑이 아니었지만, 충분히 아름다웠다.

…(중략)…

당장 죽어도 이상할 것 없는 나이란 과연 몇 세 이상을 말하는가? 나이 든 사람의 죽음을 호상이라 하는 조문객들의 말에 거칠게 반문했던 김만석 할아버지도 죽음을 빗겨갈 수는 없었다. 죽음의 문턱에서 송이뿐 할머니를 태우고 신나게 오토바이로 달리는 마지막 장면이 지금도 아련히 떠오르면서 가슴이 따뜻해진다.

– 〈노년의 사랑〉 중에서

사람은 사랑을 먹고 사는 동물이다. 사람은 나이와 관계없이 사랑의 기쁨과 사랑의 슬픔을 먹으면서 산다. 젊은 사랑은 뜨거워서 좋지만 먼 길을 걸어온 노인들, 그 지친 여정에서 세상을 빤히 알고 있는 노인들은 아이들처럼 가장 순박한 손길로 다른 아픔들을 쓰다듬을 줄 안다.

〈노년의 사랑〉에서 김순신은 '그대를 사랑합니다' 란 영화를 보고 나서 감상의 일단을 피력하고 있다. 치매를 앓는 장군봉의 마누라 조순이는 갇혀 지내는 작은 방벽에 종일 달과 별, 산과 꽃들을 그린다. 그녀만의 세계, 그녀만의 꿈. 얼마나 아름다운 그림인가. 어느 미술가가 이런 절절한 그림을 그릴 수 있는가? 가슴이 다 먹먹하다. '오늘은 뭐했어?' 투정하는 마누라를 연민의 눈으로 바라보는 장군봉의 눈길이 나를 향하고 있다.

나이 든 사람의 죽음을 호상이라고들 하지만, '당장 죽어도 좋을 나이란 과연 몇 살인가?' 거칠게 반문하는 김만석 할아버지, 그의 죽음의 문턱에서 오토바이 질주 장면이 역설적으로 통쾌하다.

동창 모임에서 '케겔운동'이 요실금도 예방할 수 있고 더불어 부부관계도 좋아진다는 이야기를 들은 바가 있어서 생각날 때마다 골반 근육을 당기고 밀었었는데, 수영장에서 돌발적인 불상사를 막으려면 항문 조임 운동(?)을 추가로 더 해야 할 것 같다. 어디를 가나 노화방지, 장수를 누리는 건강에 대한 이야기에 귀가 더 솔깃해지는 까닭은 내가 늙어가고 있음이요, 반면 누구나 갖고 있는 불로장생의 꿈이 있음이다.

…(중략)…

그나저나 아랫도리에 있는 출구를 잘 관리해야 수영장에서 실수를 하지 않는다는 교훈을 얻었으니 오늘부터라도 아랫도리 근육운동을 자주 해야겠다. 미래의 내가 80세의 노인이 되어 수영장을 당당하게 드나드는 꿈을 꾸며 항문을 힘껏 조여 본다.

- 〈수영장에서〉중에서

2004년 이 집으로 이사 온 후에 목련나무를 사다 심었더니 몇 년 후부터는 제 몫을 다하고 있습니다. 꽃말은 '이루지 못한 사랑'입니다. 양희은의 '하얀 목련'이라는 노래처럼 아픈 가슴 빈자리엔 하얀 목련이 피었다 지는가 봅니다.

…(중략)…

처연하게 보이는 목련 꽃잎을 보면서 젊디젊은 나이에 요절한 사람들을 떠올렸습니다. 전혜린, 나혜석, 윤동주 등등. 한국 최초의 여류서양화가이며 여권운동의 선구자이셨던 나혜석은 조선 최초의 여성 화가이셨지만 52세의 나이로 세상을 떠났고, 윤동주 시인도 27세의 꽃다운 나이에 세상을 떴습니다. 철저하게 자기인식의 세계에서 자유를 갈구했던 수필가 전혜린도 갓 피어난 목련꽃처럼 순수함의 빛을 세상에 다 펼치기도 전 31세에 떠났고, 허난설헌도 27세를 넘기지 못했습니다. 영화로움은 짧아야 빛나는 법인가 봅니다.

- 〈백목련의 시련〉 중에서

세례 받을 때 신부님께서 이마에 십자가를 그리는 순간 뜨거운 눈물과 함께 하느님께 감사와 찬미를 드렸다.

…(중략)…

본질 직관 능력은 영성이라고 할 수 있다. 인간은 몸이 있고, 그 안에 혼이 있고 더 깊은 곳에 영의 세계가 있다. 몸, 혼, 영 각각의 패러다임에 따라 세계관이 달라진다. 직관의식은 존재의식, 생명의식, 사고의식을 다 포함한 영원성과 만나는 하느님과의 관계성이다. 똑같은 사물을 봐도 영의 차원까지 인식한다면 그 삶은 영 중심이 되는 것이다.

내 삶이 영 중심이 되는 날은 언제나 올까. 하느님께 '나는 누구입니까? 어떻게 살아야 합니까?' 라고 자꾸 질문하다 보면 언젠가 영성의 그릇이 채워져 그 위에 내 모습과 내 삶의 모습을 비추어 주시겠지. 그릇이 채워질 때까지 자꾸 영성의 그릇을 들여다볼 수밖에. — 〈영성과 교육〉 중에서

〈수영장에서〉는 어느 노인이 풀 안에 큰 것을 실례한 것이 김순신은 남의 일 같지 않다. 그녀 역시 나이가 들고 있으며 오줌을 찔끔거렸던 적이 있기 때문이다. 그래서 김순신은 100세 시대를 향하여 항문을 힘껏 조여 본다.

〈백목련의 시련〉에서 한 시대를 빛내고 간 인물들의 짧은 생애와 이른 봄의 하얀 순수, 백목련의 시련을 매치하면서 '영화로움은 짧아야 빛나는가 봅니다' 라며 허무한 인생에서 진정한 삶의 가치를 생각하게 한다.

〈영성과 교육〉에서 김순신은 세례를 받을 때의 감격을 잊을 수가 없다. 신앙이 인간과 하느님과의 관계 정립이라면 신앙인은 영성의 사람이 되어야 한다. 김순신은 한 신부의 영성훈련으로 일신한 대건고등학교의 예로 오늘의 교육과 현실에서 본질을 바라볼 수 있는 영성교육의 중요성을 말한다. 동시에 자신의 영성을 위하여 '나는 누구입니까? 어떻게 살아야 합니까? 자꾸 질문한다. 그러다 보면 언젠가 영성의 그릇

이 채워져 그 위에 내 모습과 내 삶의 모습을 비추어 주시겠지'라며 그
녀의 영성 그릇이 채워질 때까지 자신의 내면을 끝없이 들여다보겠노
라 한다.

그 외에 〈스마트폰과 잘 놀기〉에서 '스마트폰은 이름처럼 똑똑한 놈
이다. 스마트폰을 잘 활용하되 인간성 회복에 염두를 두어야 할 것이
다. 기기와 노는 것이 아니라 기기를 활용해 나와 관계를 맺고 있는 이
들과 진정성이 있는 참다운 대화를 주고받을 때이다'라며 스마트폰의
이용가치와 그 폐해에 대하여 일단의 깨달음을 주고 있다.

〈먹성 좋은 여자〉에서 무엇이나 편식 없이 잘 먹는 김순신의 일화를
소개하면서 '먹는 데서 정이 싹틉니다. 함께 식사하는 일은 어쩌면 가
족에게 가장 중요한 일일 수도 있습니다.'라고 하며 돈독한 가족관계를
위해서는 함께 식사하는 일이 중요하다고 말한다.

4. 사라져 가는 것들

인간의 문명은 변화한다. 수없이 생성되고, 수없이 소멸한다. 그 생성
과 소멸의 변화를 우리는 발전이라고 말하기도 한다. 사람이 늙으면 죽
듯이 문명도 낡아서 소멸하고 만다. 그 신진대사과정에서 우리는 또 많
은 것들을 잃으며 산다. 생활이 편리해지고 잘 먹고 잘 살게 되지만 반
면에 자연은 파괴되고, 생물이 멸종되고, 미풍양속이 사라진다. 다만
추억 속에 그리움으로 남아 있을 뿐이다. 나이가 들수록 건강도 잃고,
사랑도 잃고, 이별하고 그리워하면서 점점 외로워진다.

김순신의 수필은 우리에게서 사라져 가는 것들의 쓸쓸한 눈동자를

들여다보고 있다. 삶의 애환과 정한이 담겨 있는 순수하고 아름다운 것들을 돌아보면서 거칠고 삭막한 현실을 다독이고 있다. 잃어져 가는 인간성을 회복하고자 한다.

'졸업식 노래'에는 6년 동안 정들었던 학교를 떠나는 마음과 떠나보내는 마음이 매우 잘 나타나 있어서 부르는 사람이나 듣는 사람의 마음을 싸하게 한다. 먼저 1절은 후배들이 선창으로 '빛나는 졸업장을 타신 언니께 꽃다발을 한 아름 선사합니다.……'라고 부르면, 뒤이어서 졸업생은 후창으로 '잘 있거라 아우들아 정든 교실아 선생님 저희들은 물러갑니다.……'라고 부른다. 이어서 3절은 선후배가 다 함께 '앞에서 끌어주고 뒤에서 밀며 우리나라 짊어지고 나갈 우리들 냇물이 바다에서 서로 만나듯 우리들도 이 다음에 다시 만나세~.'

2절을 부를 때쯤 되면 졸업생 쪽에서 누군가 훌쩍거리기 시작하고 옆에 있던 학생도 이어서 눈물을 보였다. 그러다 보면 노랫소리는 울음 반 노래 반으로 될 때도 있었다. 옆에 있던 부모님들도 어느새 콧등이 시큰해지고 눈시울이 붉어지기도 했다.

요즘 졸업식장에서 윤석중 작사, 정순철 작곡의 '졸업식 노래'가 점점 사라지는 것이 안타깝고 못내 아쉽다. 노래 하나로 세상을 이을 수도 있는데, 그 졸업식 노래야말로 우리 부모님 세대부터 불리던 노래라 세대와 세대를 이어주는 노래의 하나라고 생각한다. 자녀나 손자의 졸업식에 와서 그 노래를 다시 들으면서 함께 중얼거리는 할머니 할아버지와 부모님을 생각해 보라.

　　　　　　　　　　　　　　　　　　　　　　　　　　　　- 〈잊혀가는 졸업식 노래〉 중에서

노래는 인류가 발명한 그 어느 것보다도 사람이 사람이게 하는 예술이다. 문학도 음악에 그 기원을 둔다. 음악을 매개로 심리치료를 하는 '음악치료'라는 말이 있지만 음악은 한 집단을 하나로 묶는 힘이 되기도 하고 개인의 정신기능을 향상 변화시킨다. 무엇보다 심리적 위로와

안정을 도모한다. 흘러간 옛 노래 한 토막이 향수에 푹 빠지게도 한다. 그래서 〈졸업식 노래〉는 그리운 노래이다. 초등학교 6년 속에 우리의 가장 많은 이야기, 우리들의 유년이 통째로 고스란히 담겨 있기 때문이다. 〈졸업식 노래〉는 언제 들어도 눈물에 젖어 있다. 김순신은 훌쩍거리며 부르던 졸업식 노래를 잊을 수 없다.

교육자인 김순신에게는 유행가로 부르는 요즘의 졸업의 노래가 영 마뜩찮다. 졸업하는 아이들의 키득거림을 들으면서 날로 삭막하여가는 세태가 우려되고 잃어져 가는 것들을 간직하고 싶다.

친정집에 들렀다가 장거리 운행에 따른 사고에 대비도 할 겸 조금 좋은 차로 바꾸어야 할 것 같다는 말을 친정아버지께 내비쳤다.

"그래 교감으로 승진도 했으니, 차를 좀 좋은 차로 바꾸는 것도 좋지." 라는 말부조와 함께 찬조금(?)이라도 보태 주실지 모른다는 생각에서였다. 그런 나의 김칫국 같은 생각은 완전히 빗나가고 말았다.

아버지께서는 "극기복래라는 말을 아느냐?"로 첫 질문을 시작하셨다. '克己福來' 자신의 이기심을 참고 이겨내면 복이 온다는 뜻을 누가 모르랴. 그런데 아버지께서는 한자로 '克己復禮' 라고 쓰시는 것이었다. 아하, 내가 '복례'를 '복래'로 잘못 듣고 핀트를 잘못 맞추었구나, 생각이 짧았어!

자고로 '제대로 된 사람은 자기를 이기고 본래대로 예를 갖추어야 한다' 면서 '직위가 교감으로 바뀌었다고 차를 바꾸겠다는 생각은 너답지 않다' 면서 따끔하게 나무라셨다.

…(중략)…

그런 아버지를 나는 존경한다. 아버지를 존경하는 이유는 또 있다. 남편과 결혼하기 전에 가난하다는 이유를 들어 결혼을 꺼리자, 아버지께서는 돈은 있다가도 없어지고, 없다가도 생기는 것이라고 하시면서 뿌리가 있는 집안의 자손이고 몸과 마음이 건강하니 돈은 아무 문제가 없다고 하셨다. 그 말씀을 늘 가

습에 새기며 살고 있지만, 가끔은 돈돈 할 때도 있으니 아직도 극기복례(克己復
禮)에 이르기는 멀었다.
                                                              – 〈克己復禮〉 중에서

　　요즘 부모와 자식 간에 갈등이 심각한 사회적 문제가 되고 있다. 부모
모시는 일이 젊은이들에게 점점 부담이 되어가고 있다. 어떻게 키운 자
식인데 생각하면 배반감을 느끼고 초라한 자신의 모습에 분노가 치미
는 노인들이다. 하지만 삶은 팍팍하여지고 가족을 부양하고 부모를 모
시기가 자식들에겐 어깨가 빠지는 일이 되고 있는 것도 안타까운 현실
이다.
　　〈극기복례〉에서 김순신은 교감으로 승진한 기쁨에 어리광을 부리듯
아버지에게 새 차로 바꾸겠다고 한다. 그 말속엔 아버지에게 찬조금을
타내려는 꼼수도 있었다. 그러나 아버지는 "극기복례를 아느냐?" 면서
일언지하에 따끔하게 나무라셨다.
　　김순신에게 아버지는 영원한 스승이요 감사의 대상이 되고 있다. 삶
의 순간순간마다 아버지는 존경하는 멘토였다. 그녀의 올곧고 소박하
고 순수한 품성이 저절로 주어진 것이 아니라는 얘기다. 노인들에겐 그
세월 속에 삶을 지켜온 지혜와 중심을 바로 세우는 가치관이 있다. 번
개 같은 세상을 쫓아가느라 정신이 없다. 김순신의 수필은 어디를 보고
어떻게 가야 하는지 따끔하게 일침을 가하고 있다.

　　모란이 피기까지는
　　나는 아즉 나의 봄을 기둘리고 잇을테요.

　　…(중략)…

모란이 피기까지는
나는 아즉 기둘리고 잇을테요
찬란한 슬픔의 봄을.

　고등학교 때 입시준비로 억지로 욀 때와는 달리 한 구절 한 구절이 가슴에 선명하게 각인되는 듯했다. 더구나 '아즉' '기둘리고' '잇을테요' '하냥' '우읍네다' 라는 옛 글귀가 강진 사람들의 정을 담아낸 것 같아 향토적 감성을 불러일으켰다.

　…(중략)…

　그의 시는 쉽고 향토적 정서가 깃들어 있다. 그의 시가 외양적으로는 서정적인 아름다움을 노래했다고 하지만 시대의 아픔을 그렇게 밖에 표현할 수 없었던 그의 속내는 타들어갔을 것으로 추측해 본다. 치열하게 솟아오르는 반일 감정을 덮으려 짐짓 서정적인 시로 승화시켰던 것은 아닌지. 휘문중학 때 3·1운동에 나설 정도면 그의 조국에 대한 사랑은 말하지 않아도 알 듯하다.

　본인은 물론 열 명의 자녀들도 창씨개명을 하지 않았다는 말을 들으니 그가 더 존경스러웠다. 그의 집 근처에 신사가 있었는데 신사참배를 하라고 하자, 배탈이 나서 설사를 하는데 신사참배를 하다 그곳에 실수라도 하면 어떻게 하느냐고 핑계를 대면서 끝내 신사참배를 하지 않았던 김윤식. 그를 민족시인이라고 부르는 이유를 알 것 같았다.

－〈영랑을 생각하며〉 중에서

　〈영랑을 생각하며〉에서 기다림이란 얼마나 사람을 지치게 하는가? 기다림이란 또 얼마나 아름다운가? 문득 솔베이지의 기다림이 들려오는 듯하다. 세월 속에 지쳐가는 만큼 그리움은 더욱 가슴 저려오는 역설이 기다림의 미학이 아닐까? 김순신은 김영랑의 기다림에서 그의 애국심을 보고 있다. 일경의 그 끈질긴 회유와 그 잔혹한 고문은 세상이 다 안다.

김순신수필집

인생 70 고래희인 시절 36년이란 얼마나 긴 시간인가? 많은 문학인이 이 긴 시간 견딜 수 없는 고문으로 친일이란 칼을 쓰고 인생을 마쳤다는 것은 슬픈 일이다. 삶이란 기다리는 것, 김영랑의 지조를 존경하는 김순신은 다시 모란이 피기를 기다린다.

그 지역에 500년이나 된 큰 버드나무가 있었는데, 새 길을 내면서 버드나무를 잘라야 하는 상황이 왔다. 그 지역 주민들은 오랫동안 마을과 함께해 온 버드나무를 살려야 한다고 한목소리를 내었고, 백방으로 뛰어다닌 결과 그 뜻이 받아들여져서 결국 도로는 돌아가게 되고 버드나무는 목숨을 유지하게 되었다고 한다. 개발이라는 논리 앞에 당당하게 맞서 지켜낸 버드나무 사랑이야기는 실로 감동적이다.

– 〈호드기의 울림〉 중에서

퀼트는 아주 오래 전 시작된 손바느질에서 그 유래를 찾을 수 있다.

…(중략)…

수렵을 하던 시대에는 동물의 가죽을 이어 붙이는 과정을 거쳐 몸을 보호하는 옷을 만들었고, 천과 천 사이에 솜을 놓아 따뜻하고 오래 입을 수 있도록 꿰매었다.

…(중략)…

퀼트의 바느질 자국을 보면서 나의 삶의 바느질을 되돌아본다. 순간순간 최선의 삶을 산다고 했지만 살아온 시간을 돌아보면 삐뚤삐뚤한 바느질 자국도 보이고 땀이 고르지 못한 흔적들이 보인다.

그러나 어쩌랴, 우리는 모두가 인생 퀼트의 초보자인 것을. 인생이 다하는 날까지 우리는 삶의 조각들을 꿰매어서 자기만의 작품을 남겨야 하는 숙제를 안고 있다. 비록 느리더라도 꾸준히 말이다.

남은 시간만이라도 퀼트 하는 순간처럼 평온 속에서 한 땀 한 땀 사랑을 엮어가는 삶이었으면 좋겠다. 그래서 나의 인생이 다하는 어느 날 나만의 퀼트 소품이 완성되기를 기다려 본다. 그 작품은 다름 아닌 나의 삶의 조각들을 하나하나 이어 붙여서 누군가의 마음을 따뜻이 감쌀 수 있는 바로 '사랑'이라는 작품이다.

– 〈퀼트를 하며〉 중에서

청소 잘하는 것이 자랑거리일 수 있느냐고 반문할 사람도 있을지 모르지만, 저에게는 그 말이 신선하게 다가왔습니다. 우리 주변에 청소를 잘한다고 자랑할 수 있는 여자는 흔치 않습니다. 청소나 설거지는 귀찮은 일이고 마지못해 하는 일이라고 여기는 나에게는 부러움의 대상이었습니다. 식구 중 누구라도 집안 청소를 해준 날은 복 받은 날이라고 좋아합니다. 저는 청소를 잘하지 못합니다. 가끔은 대청소를 한답시고 집 안의 구석구석의 것들을 꺼내서 먼지를 닦아내고 정리정돈을 한다고 했는데도 어딘가 부족한 듯합니다.

그래서 청소는 해도 해도 끝이 없다는 말을 하는 것 같습니다. 청소 후 얼마 없어 제자리 못 찾은 물건들을 보게 됩니다. 그들이 적재적소에 있다가 필요할 때마다 부르면 '네' 하고 달려 나왔다가 다시 제자리로 쏙 들어가면 좋겠다는 상상을 합니다.

– 〈청소를 잘하는 여자〉 중에서

〈호드기의 울림〉에서는 길이 뚫리면서 잘리게 된 500년 된 버드나무를 향리 주민과 문학회원들의 노력으로 살렸다. 이를 기념하여 문학행사에 곁들여 '호드기 불기대회' 개최한다는 감동이 진하다.

〈퀼트를 하며〉에서 작가는 자신의 삐뚤삐뚤한 바느질 자국을 보면서 자신의 삶을 돌아본다. '그 작품은 다름 아닌 나의 삶의 조각들을 하나하나 이어 붙여서 누군가의 마음을 따뜻이 감쌀 수 있는 바로 '사랑'이라는 작품이다.'라는 삶의 다짐을 스스로 한다.

〈청소를 잘하는 여자〉에서는 청소 잘하는 것을 자랑으로 여기는 여인을 소개한다.

'얼마 없어 제자리 못 찾는 물건들을 보게 될 것입니다. 그들이 적재적소에 있다가 필요할 때마다 부르면 '네' 하고 달려 나왔다가 다시 제자리로 쏙 들어가면 좋겠다는 상상을 합니다.'

그러면서 청소가 그리 쉽지 않다는 것과 청소에 대한 기발하고도 재치 있는 상상을 한다.

그 외에 〈홍랑의 기개와 절개〉에서는 로미오와 줄리엣의 사랑처럼 조선시대에 제주 여인 홍랑의 절대 사랑이 오늘을 사는 우리에게 자긍심이 된다는 것과 〈제주어의 운명〉에서 사라져가는 제주어, 가장 독특한 방언 제주어를 살리는 노력이 체계적으로 이루어지기를 바라며 그 의지를 나타내고 있다.

닫으며

김순신은 첫 수필집 이후 4년 만에 두 번째 수필집 《길에서 길을 찾다》를 내고 있다.

나는 그녀의 수필 세계로 들어가기 전에 마치 묵직한 돌 하나를 가슴에 묻고 가는 것 같았다. 한 작가가 작품집을 낼 때에 얼마나 많은 시간과 노력과 정신적인 고통이 수반되는가? 더구나 나의 어쭙잖은 얘기들이 혹여 누가 되지 않을까 하는 염려가 분명 있었다.

《길에서 길을 찾다》에 수록된 작품을 일별하면서 김순신의 작품세계는 돌다리를 두드리듯이 한 걸음 한 걸음 그녀 자신에게로 찾아가는 길임을 읽을 수 있었다. 인생의 미로에서 나의 정체성, 나의 본질을 찾는 일이야말로 참된 삶의 길이 아니겠는가. 그것은 작가의 말에서 그녀가 말했듯이 살면서 체험하는 일면들을 편집하여 하나의 조각보를 만드는 일, 결국 나를 완성하는 일이기에 그렇다.

서두에 필자는 김순신의 수필을 '한 걸음씩 놓아가는 징검돌'이라 하였다. 그녀의 강을 건너기 위하여 그녀가 또박또박 놓아간 징검돌들은 반듯하고 단아하였다. 끊임없이 자신을 조탁하여 온 그녀의 모습이었다. 그래서 그녀의 수필은 단순하고 소박하고 순수하다. 그것은 대상에 대한 인식의 진정성과 삶의 자세의 성실성에 기인한다 하겠다.

김순신은 그녀의 구체적 삶을 통하여 체험한 사실과 정한의 기억들을 수필이라는 문학적 형식으로 아름답게 형상화하였다. 그것은 그녀의 삶에서 체험한 단순히 재미있는 담소가 아니라, 그녀의 이야기가 오랫동안 안에서 숙성되어 삶의 보편적 가치로 승화하고 있다는데서 그 의미를 찾을 수 있을 것이다. 동시에 세월 속에서 김순신이 만나온 숱한 관계와 눈에 마주친 모든 사물과의 대화는 긴 사색의 터널을 여과하여 얻어진 산물이라 할 것이다.

김순신은 그녀의 삶에 누구보다 충실하다. 그것은 스스로 자신을 사랑하고 있다는 것이다. 다음에 그녀의 눈길은 일상의 사소한 것들에도 놓치지 않고 본질을 관통하는 대화가 가능한 것이다. 결국 그녀의 수필은 사랑을 말하고 있다. 그 사랑은 희생과 봉사라는 신앙적 가치관일 터이다. 그녀의 수필은 한 번 읽어서 넘어가는 그냥 재미있는 이야기가 아니다. 그래서 그 호흡이 길 것이라는 조심스러운 예측을 하여본다.

필자는 손바느질하듯 한 땀 한 땀 마음으로 쓴 김순신의 작품세계를 거니는 동안 나도 모르게 섬세한 감성에 젖어들었고, 그래서 필자는 그녀의 발자국을 따라 아름다운 숲 속 오솔길을 편안한 마음으로 휘돌고 온 기억밖에 없다. 그럼에도 커피 한 스푼에 설탕 한 스푼을 넣은 커피처럼 그렇게 달지는 않아도 혀끝에 감기는 맛과 코끝에 향기가 은은하다.

마치면서 다만 그녀의 문운을 빌며 퀼트를 하듯 그녀의 삶과 문학이 아름다운 예술로 승화되기를 바란다. 그리고 그녀의 걸음마다 어두운 곳에 불이 밝혀지기를 바란다. 그리고 김순신의 문학세계가 확장되고 독자들의 가슴에 긴 여운으로 남기를 기원한다.

발문

김순신 수필집

길에서 길을 찾다

지은이 / 김순신
펴낸이 / 김정희
펴낸곳 / **지구문학**

110-122, 서울시 종로구 종로2가 39 뉴파고다빌딩 215호
전화 / (02)764-9679
팩스 / (02)764-7082

등록 / 제1-A2301호(1998. 3. 19)

초판발행일 / 2014년 12월 22일

ⓒ 2014 김순신 Printed in KOREA

값 12,000원

E-mail/jigumunhak@hanmail.net

※잘못된 책은 바꿔드립니다.
※저자와의 협약으로 인지는 생략합니다.
※이 책의 출판비 일부는 2014 제주문화예술재단(일반예술활동 지원-문학분야)의 지원을 받았습니다.

ISBN 978-89-89240-59-4 03810